LA BORNE,

Roman de Mœurs;

PAR E. ARTHAUD,

AUTEUR

D'Inésilla, de Jules ou le Fils adultérin,
et de M. Noël ou les Cancans.

————⚬⚬⚬⚬————

Tome second.

————⚬⚬⚬⚬————

Paris,

MÉNARD, LIBRAIRE-ÉDITEUR,

PLACE SORBONNE, Nº 3.

—

1833

La Borne.

PARIS. — IMPRIMERIE DE DECOURCHANT,
Rue d'Erfurth, n° 1, près de l'Abbaye.

LA BORNE,

ROMAN DE MOEURS ;

PAR E. ARTHAUD,

AUTEUR

D'INÉSILLA, DE JULES OU LE FILS ADULTÉRIN,
ET DE M. NOEL OU LES CANCANS.

—

TOME DEUXIÈME.

PARIS,

MÉNARD, LIBRAIRE-ÉDITEUR,

PLACE SORBONNE, Nº 3.

—

1833

LA BORNE.

CHAPITRE Iᵉʳ.

—

LES NÈGRES MARRONS.

—

Tels furent les détails circonstanciés
qui, au sujet des malheurs survenus à la famille Belmond, avaient circulé de bouche
en bouche dans la ville de Bordeaux, et
qu'avaient pu confirmer au besoin les

II.   1

dames du couvent de la Visitation. On aurait même pu en recueillir de plus particuliers au caractère d'Eliza auprès de Julie,
qui avait été son amie et sa confidente,
si l'on eût voulu se donner la peine de la
consulter à cet égard.

Cette maison jouissait d'une excellente
réputation sous le rapport de l'éducation
distinguée qu'on y donnait aux jeunes
personnes : ce motif avait déterminé la
préférence que M. Brown lui avait donnée
sur les autres en y faisant entrer sa fille.
Là, Julie s'était fortement liée d'amitié à
mademoiselle Belmond, avait connu ses
chagrins et mêlé ses larmes à celles de
son amie. Toutefois, un oubli involontaire
qu'avait fait Eliza des lettres d'Edouard,
et qui furent trouvées dans sa chambre et
en liasse par Julie, après son départ du
couvent, lui fit connaître certaines particularités, que, par un sentiment de dé-

licatesse qui sera sans doute apprécié,
son amie avait cru devoir s'abstenir de lui
raconter.

Quelques années s'étaient écoulées depuis l'époque à laquelle M. Brown, confiant dans l'éducation qu'il faisait donner
à sa fille, attendait patiemment que cet
avenir, qui lui paraissait devoir être si
heureux, se déroulât entièrement à ses
yeux. Pour arriver à ce bienheureux résultat, qui s'offrait à lui sous les couleurs
les plus riantes, il comptait beaucoup sur
la promesse que la supérieure du couvent
lui avait faite de respecter les principes
religieux de Julie, qui étaient ceux de la
religion réformée, et plus encore dans les
desseins d'alliance projetés entre les deux
familles. Il n'était pourtant pas destiné à
voir ses espérances se réaliser.

Une indisposition, légère en apparence,
mais qui, dans un très-court intervalle de

temps, prit un caractère de gravité alarmant, et de laquelle M. Brown fut atteint, répandit l'inquiétude dans les deux familles et parmi les employés d'une maison dont on chérissait et respectait généralement les chefs. Se sentant faiblir et prêt à s'assoupir de ce sommeil profond qu'on appelle vulgairement la mort, il rappela à Blinval les engagemens pris entre les deux familles au sujet du mariage de leurs enfans, les promesses sacrées qui avaient été faites de part et d'autre à ce sujet, et, serrant fortement la main de son ami, mourut en lui souhaitant d'être plus heureux qu'il ne l'était lui-même, puisqu'il se trouvait privé du plaisir de voir cette union se sanctionner.

Cette mort, aussi douloureuse à supporter qu'elle avait été prématurée, plongea Blinval dans la plus vive affliction. Resté seul parmi les membres nombreux

de sa famille, il s'était trouvé, à un court
intervalle près, privé des objets qu'il affectionnait le plus en ce monde, et destiné, par suite de la perte récente qu'il
faisait de son ami, à mettre le complément
à un acte auquel d'abord il n'avait semblé
devoir que prêter son concours. Bien pénétré des nouvelles obligations qui lui
étaient imposées, il songea et s'occupa des
moyens de les remplir.

Après avoir accompagné à sa dernière
demeure les dépouilles mortelles de son
beau-frère et versé sur sa tombe les larmes
d'une franche et cordiale amitié, Blinval,
chargé de remplacer son ami auprès de
sa fille et de lui tenir lieu de père, en qualité de tuteur, prit les dispositions convenables que comportait avec elle son importante mission. Il fit d'abord procéder
à une prompte liquidation des comptes
de leur société et à l'estimation des va-

leurs mobilières ou immobilières laissées par M. Brown, afin d'être plus à même de rendre à sa pupille, lorsque le moment serait venu, un compte fidèle de sa gestion.

Ces premières formalités remplies pour ce qui concernait la fortune possédée sur le continent, il fallut qu'il se résignât à aller faire une excursion aux Etats-Unis de l'Amérique et aux colonies, où ils possédaient en commun plusieurs établissemens importans, afin d'y faire procéder aux mêmes investigations. Comme il y avait nécessité absolue, dans l'intérêt même des deux familles, en raison de la négligence que les uns et les autres avaient mise à visiter les immenses possessions qui leur appartenaient, et dont l'administration avait toujours été confiée aux soins d'un étranger, il se décida à entreprendre lui-même ce long et pénible voyage.

Toutefois, et avant de s'embarquer, Blinval prescrivit certaines dispositions d'intérieur de famille, de relations extérieures, et chargea du soin de les faire exécuter son gérant M. Gelibert, le vieil et fidèle ami de la maison; puis ensuite il mit à la voile à bord de l'un de ses navires.

Parti de France à une époque de l'année où la navigation offre peu de dangers, Blinval vogua à pleines voiles vers les États-Unis d'Amérique sans éprouver d'autre contre-temps que celui qu'occasione presque toujours à ceux qui n'ont pas l'habitude de la mer, cette manière de voyager.

Quoiqu'il n'eût point de gros temps à essuyer non plus que de tempête à voir, cela ne l'empêcha pas de remarquer qu'il fallait avoir, pour être marin, des dispositions toutes favorables à cette honorable profession, et que celui qui ne les avait pas pour ainsi dire en naissant devait y renoncer.

Plus d'une fois il jeta un coup d'œil, non d'envie, mais d'admiration, sur cette classe estimable de la nation qui, au péril de sa vie et du sacrifice qu'elle fait du calme qu'il lui serait facile de goûter dans l'intérieur, se voue à un métier plein de dangers et qui est tout de gloire. Comment encore en est-elle récompensée ? Par des tribulations de toute espèce, des dégoûts qui contraindraient tout autre qu'eux à y renoncer, mais qui ne font, tant il y a chez eux de dévoûment à la patrie, que les raffermir dans leur louable et courageuse résolution.

Que ne se passe-t-il pas, par exemple, à bord des bâtimens de l'Etat qui ne mérite le blâme de tout homme de cœur, et où, sous le prétexte d'une discipline sévère pour maintenir les équipages dans les bornes de respect et de soumission convenables, on voit de très-jeunes et beaucoup trop jeunes officiers insulter, en termes peu mesurés et souvent fort offensans, de vieux et estimables marins qui leur ont servi de marche-pied pour acquérir leurs épaulettes ! Peut-être que sans eux, ces châteaux flottans qu'on leur confie, après avoir vu les rives étrangères et parcouru l'immensité des mers, ne reverraient pas les lieux où ils furent construits.

Combien celui qui est véritablement pénétré des devoirs qu'imposent l'humanité, les égards qu'on doit à ses semblables, n'aura-t-il pas eu à gémir si le hasard l'a rendu témoin de cet état de dégradation dans lequel se plongent volontairement quelques officiers de marine ! Penseraient-ils trouver leur excuse dans cet impé-

rieux besoin de commander la terreur
aux hommes qui sont placés sous leurs
ordres et qui, par suite de leur infériorité,
leur doivent par conséquent ce que vulgairement on appelle une obéissance pas-
sive : qu'ils se détrompent.

Il y a chez l'homme, quelle que soit du
reste sa position sociale, un sentiment
instinctif qui lui dit assez ce qu'il est pour
qu'on n'ait pas besoin de le lui apprendre, et s'il n'est pas également permis à
tous, par suite du défaut d'instruction,
d'exprimer de nobles et généreuses pensées, il ne faut pas en conclure, pour cela,
qu'ils en sont totalement dépourvus. Par
cela même qu'il se soumet à celui qui a
acquis des connaissances qu'il n'a pas,
l'homme fait preuve de discernement;
il ne faut pas en inférer qu'il est indigne
d'égards, mais bien lui savoir gré de son
obéissance. Dans aucune circonstance il

ne saurait être permis d'avilir son semblable.

Telles étaient les réflexions pénibles et
peu honorables pour ceux qui en font l'objet
que faisait l'armateur Blinval en voguant
à pleines voiles sur la plaine liquide. Le
ciel était serein, et la brise qui, en favori-
sant la marche du navire, agitait tant soit
peu les vagues de la mer, troublait seule
le calme imposant de la nature.

Le capitaine, sur le gaillard d'arrière
et la lunette en main, cherchait à découvrir au loin ; l'officier de service, sur le
banc de quart et tenant le porte-voix,
commandait les manœuvres que le contre-
maître, au moyen de son sifflet en argent
attaché à l'une de ses boutonnières par
une chaîne du même métal, transmettait
à l'équipage qui, à son tour, l'exécutait
avec une promptitude admirable : lorsque la vigie qui, à ces fins, avait été placée

dans les hunes annonça qu'on apercevait
la terre.

On sait que cette nouvelle, après une
pénible traversée, est toujours accueillie
avec reconnaissance par les passagers et
l'équipage qui, chacun en ce qui les concerne personnellement, ont eu plus ou
moins à en souffrir. Toutefois, et malgré
que ce ne fût pas ici le cas de laisser écla-
ter une joie folle, il fut aisé de s'apercevoir que toutes les physionomies expri-
maient une égale satisfaction.

Après avoir fait jeter l'ancre à l'entrée
d'un petit port de la Nouvelle-Angleterre et
recommandé au capitaine de l'y attendre,
Blinval, conduit à terre dans un canot,
se fit débarquer et s'enfonça dans le pays
pour s'y occuper des affaires d'intérêt qui
l'amenaient dans ces lieux.

Comme son départ de France avait été
déterminé par des circonstances impé-

rieuses qui ne lui avaient pas permis
d'employer les moyens usités en pareille
circonstance, il ne s'était fait devancer
par aucune lettre : c'était, sans qu'il s'en
doutât, le meilleur moyen de connaître
l'usage que l'on faisait de sa confiance.
Pourquoi les têtes couronnées n'usent-
elles pas de cette faculté qui les mettrait
plus particulièrement à même de connaître le mal qu'elles font ou laissent faire,
et cela peut-être sans en avoir le moindre
soupçon ?

Quoi qu'il en soit, la subite arrivée de
Blinval sur les lieux où il avait des intérêts majeurs à régler eut pour lui le
résultat qu'on devait prévoir, c'est-à-dire
que la plupart de ses délégués furent
trouvés en défaut, et qu'après des contes-
tations assez vives qu'il eut avec eux et
dans lesquelles il lui fut clairement démontré qu'il avait affaire à des fripons,

il se considéra comme très-heureux de pouvoir s'en débarrasser et confier en de meilleures mains ce qui, jusqu'à ce moment, avait été fortement compromis.

Les relations toutes amicales qu'il fut dans le cas d'avoir avec divers individus du pays le mirent à même d'apprécier leurs vertus hospitalières et leur civisme, comme aussi, et par leurs sages avis, de faire choix d'un chargé de pouvoirs. Il confia à un homme probe la direction des établissemens que sa maison y possédait, et celui-ci, à son tour, et pour justifier la confiance de son patron, s'adjoignit des collaborateurs qui méritaient sous plus d'un rapport l'assentiment de Blinval et sa parfaite estime. Après avoir remédié aux abus et s'être assuré qu'ils ne se reproduiraient plus, il s'embarqua de nouveau et fit route vers les Antilles.

Comme sa première traversée, celle-ci

fut également des plus heureuses. Rien,
absolument rien ne vint ralentir la marche du bâtiment, et Blinval débarqua sur
cette terre étrangère, comme il l'avait fait
aux Etats-Unis, sans que ceux qui y étaient
chargés de ses intérêts fussent dans le
cas de le soupçonner si proche d'eux.

Cependant ici, plus éloignés de la mé-
tropole, moins placés sous l'influence immédiate des lois qui la régissent, et plus
soumis au despotisme des agens du gouvernement, les naturels du pays, beaucoup
moins civilisés que les Européens, se ressentaient beaucoup de l'état d'abandon
dans lequel on les a placés, et où, on
ne sait trop pourquoi, on persiste à les
laisser.

Là existe une ligne de démarcation
étonnante entre la population blanche et
les hommes de couleur. Ces derniers se
trouvent placés sous l'influence immé-

diate des autres, et leur position est tellement peu équivoque, qu'ils ne sont rien
moins que leurs bêtes de somme et employés, par suite, aux travaux les plus pénibles et les plus abjects.

Quelle peut être la raison qui motive
cette excessive rigueur? On a de la peine
à convenir que c'est précisément parce
que la Providence leur a donné une autre couleur que la nôtre qu'ils sont jugés,
par ceux qui se disent raisonnables et religieux, comme indignes d'être qualifiés
du nom d'hommes. N'est-ce pas, en effet,
une chose monstrueuse, pour ne rien dire
de plus, que de rencontrer de pareils principes chez les hommes qui ont la prétention d'être instruits et par conséquent
sages ! !....

Dans ces lointains climats, où la main
du créateur de toutes choses s'est plus
particulièrement fait sentir, en les do-

tant d'un sol extrêmement fertile et d'habitans peu éclairés, la magnanimité et la religion de Blinval furent mises plus d'une fois à de pénibles épreuves. Tout en sentant la nécessité d'y faire respecter l'autorité des colons, il fut obligé de répandre des larmes bien amères sur les rigueurs et les brutalités auxquelles les malheureux nègres étaient exposés par suite de leur esclavage. Moins encore qu'aux Etats-Unis, il eut à se louer de ceux qui s'étaient chargés de le représenter et de faire valoir ses propriétés. Autre part c'étaient des fripons seulement qui l'avaient frustré d'une partie de ce qui lui revenait ou à sa pupille; ici la plus insigne friponnerie s'alliait à une barbarie de caractère qui tenait de la cruauté. En faveur de ses intérêts et plus encore de l'humanité, Blinval s'occupa sérieusement des moyens de réformer les abus et d'y substituer un meilleur ordre de choses.

A la Nouvelle-Angleterre, il était aisément parvenu à extirper le mal de sa racine, parce que ce pays était régi par des lois auxquelles, et par égale part, tous les citoyens indistinctement se trouvaient soumis; mais ici où les lois d'exception prévalaient en faveur des personnes et des rangs qui avaient été créés et qu'on s'était encore plu à accroître à l'infini, il était plus difficile de réussir. On ne pouvait arriver à un résultat avantageux qu'après avoir fait divers essais qui devaient encore concilier les intérêts de tous les colons, et la chose n'était pas aisée. Blinval le sentit de prime-abord lorsqu'il voulut faire ses premières tentatives : cependant cela ne l'empêcha pas de persévérer dans sa sage et louable détermination.

Comme les dispositions qu'il était dans
le cas de prendre ne pouvaient avoir
d'action directe que dans l'intérieur de
ses habitations, sauf, plus tard, à avoir
du retentissement dans les autres, il rem-
plaça quelques-uns de ses agens, et prescrivit à tous des mesures d'ordre plus
analogues aux règles d'équité et même
d'humanité.

Il était impossible que tous les hommes
doués de quelque sensibilité pour les
maux d'autrui n'applaudissent pas également à la conduite toute philantropique
que venait de tenir cet être estimable et
vertueux. Cependant, il faut en convenir
à la honte de l'espèce humaine, non–seulement il ne trouva pas d'imitateurs, mais
encore Blinval fut généralement blâmé
par toute la portion blanche de la co-
lonie.

Satisfait de sa conduite, n'ayant rien

à redouter du cri de la nature, parce que
sa conscience ne lui reprochait absolument rien, il se mit au-dessus des sus-
ceptibilités méticuleuses qu'on lui fit connaître, comme aussi de celles qui pré-
voyaient un danger imminent dans les
concessions qu'il avait cru devoir faire.

Les habitations que possédait Blinval,
se trouvant disséminées, occupaient une
assez vaste étendue de terrain, et par cela
même l'obligeaient, lorsqu'il voulait les
visiter, à parcourir une certaine étendue
de pays. Un jour que, suivant l'habitude
journalière qu'il en avait contractée, il revenait seul et à pied d'une assez longue
excursion qu'il avait faite dans ses do-
maines et se rendait à l'habitation principale où il s'était établi, se sentant excessivement fatigué et accablé par une chaleur qui est suffocante dans ces climats,
il s'arrêta sur la lisière d'une vaste forêt,

s'assit au pied d'un platane, et ne tarda pas à s'y endormir profondément.

Tombé dans une espèce de sommeil léthargique, Blinval était en proie à un rêve pénible, lorsque tout-à-coup il fut tiré de cet état pour passer dans un autre encore moins satisfaisant. En s'éveillant, il sentit qu'un bâillon, placé dans sa bouche, l'empêchait, non-seulement de parler, mais encore de voir ce qui se passait près de lui, car il lui couvrait la vue; il s'aperçut, en outre, qu'il était garotté des poings et des pieds de manière à ne pouvoir bouger. On le transportait ainsi à bras, lorsque, tout-à-coup et presque au même instant, deux coups de feu se firent entendre. Aussitôt on le laissa lourdement tomber à terre.

Peu d'instans après, Blinval fut dégagé, par une main inconnue mais sans doute amie, des liens incommodes dont il avait été indignement chargé, et ses membres furent rendus à toute leurs facultés. Cependant, combien sa surprise ne dut-elle pas être grande en apercevant, non loin de lui, deux nègres étendus morts et deux autres qui, étant à genoux, semblaient implorer la pitié d'un jeune Européen, vêtu en chasseur, un fusil à deux coups en bandoulière, et qui, tenant un pistolet à chaque main, semblait ainsi les tenir en respect!

Ce tableau avait quelque chose de si étrange et de si peu explicatif pour celui qui, sans s'en douter, venait de courir un danger immédiat, que la curiosité, faisant place en ce moment à tout autre sentiment, détermina Blinval à demander à l'inconnu ce que cela signifiait.

Rassuré, à son tour, par la soumission des deux nègres, et se trouvant d'ailleurs en mesure de s'opposer désormais à toute nouvelle tentative semblable, le sauveur de Blinval, car il ne fut plus permis à celui-ci de douter qu'il ne lui eût en effet les plus grandes obligations, s'approcha de lui, et, s'exprimant avec beaucoup de grâce, le confirma dans cette opinion en lui racontant ce dont il avait été témoin.

« Je poursuivais, lui dit-il, une bête fauve, lorsque j'entendis quelque bruit dans les environs du lieu où je chassais. Je m'arrêtai et prêtai attentivement l'oreille, parce qu'il ne ressemblait, en aucune sorte, à celui que font ordinairement les animaux. Ma curiosité ne tarda pas à être entièrement satisfaite, sous ce rapport, car j'aperçus quelques instants après quatre nègres marrons qui, suivant la lisière du bois, se dirigeaient de mon côté.

» Dans le doute où j'étais qu'ils fussent seuls, je me blottis derrière une haie fort

épaisse, déterminé à observer leurs mouvemens et à leur opposer bonne résistance
dans le cas où je serais forcé d'en venir
aux mains. J'avais d'ailleurs, dans mon
fusil à deux coups, mes pistolets et mes
munitions de guerre, de quoi faire bonne
contenance.

» Je ne restai pas long-temps dans le
doute au sujet de leurs intentions, car,
s'étant arrêtés à quelques pas de moi, je
leur entendis dire que celui qu'ils sui-
vaient venait enfin de s'asseoir au pied
d'un arbre. Autant que je pus le comprendre par leur conversation, qui n'était, du
reste, que la suite d'un plus long entretien, ils étaient chargés d'un assassinat.
Cet aveu horrible me fit frémir d'indignation et redoubler en même temps de pré-
cautions. Cependant, tout en restant at-
tentif sur ce qui se passait, je me déterminai sur-le-champ à secourir, quel qu'il

fût, le malheureux auquel on voulait arracher la vie.

» Leurs regards et leurs gestes, dont je ne perdais absolument rien, me firent comprendre que leur victime venait de s'endormir d'un profond sommeil. Aussitôt, quoique avec précaution, je les vis se diriger de ce côté, où moi-même, et à pas de loup, je les suivis. Je ne leur avais pas vu d'armes et ne concevais guère comment ils viendraient à bout d'exécuter leur projet, lorsqu'ils s'arrêtèrent tout-à-coup, détachèrent leurs ceintures et se baissèrent. Ce dernier mouvement me fit vous apercevoir, et je les vis aussitôt vous bâillonner et se mettre en devoir de vous emporter dans l'intérieur de la forêt. Je compris alors que ce n'était pas un simple crime qu'ils voulaient commettre, mais bien vous torturer au milieu des leurs, ainsi qu'ils ont l'habitude de le faire.

» Persuadé que pour éviter un plus grand danger je devais me montrer, je n'hésitai pas à faire acte d'apparition en déchargeant mes deux coups de fusil sur ceux qui se rendaient coupables d'un si lâche attentat.

» Si j'ai été assez heureux pour terrasser deux de vos ennemis et, par cela même, sauver vos jours menacés, ce dont je me réjouis, je me plais à penser que nous serons également favorisés par la Providence et que nous saurons de la bouche même de ceux qui n'ont pas succombé quels sont les auteurs et les motifs qui ont pu les porter à en agir de la sorte à votre égard.

—Je ne demande pas mieux, dit l'un des deux coupables, qui, de leur posture humiliante, s'étaient assis sur le gazon pour mieux entendre le narré de l'inconnu, que de vous raconter franchement ce qui a déterminé l'action que nous nous préparions à commettre. D'autant plus qu'éprouvant un véritable remords, nous voulons mériter notre pardon. Voici ce dont il s'agit.

» Mes camarades et moi, ainsi que cela se pratique parmi nos pareils, fûmes enlevés dès notre plus tendre enfance à l'affection de nos parens et dévolus à l'infâme mission de servir en qualité de bêtes de somme des hommes qui ne revendiquaient sur nous d'autre avantage que celui d'être venus au monde avec une peau blanche, tandis que la nôtre est noire.

» A moins que d'être doué de la plus insigne mauvaise foi et d'un manque total d'humanité, cette circonstance, tout indépendante de notre volonté, et provenant bien plutôt du fait du régulateur de toutes choses que de la nôtre, ne saurait nous être reprochée et nous priver, par cela même,

de la jouissance des droits que Dieu, en les
créant, accorda par égale part à tous les
hommes en général, sans exception de
couleur ou de religion ; car il nous fit tous
à son image. Telle est, du moins, la pensée que vos prêtres, qui se disent si sages,
émettent quelquefois, peut-être sans s'en
douter, mais que nous avons gravée dans
notre mémoire, parce que nos intérêts les
plus chers en dépendent.

» Si j'ai débuté par ce raisonnement,
c'est pour vous convaincre plus facilement
que si les hommes ne possèdent pas par
égale portion l'esprit, les talens et les
sciences, la nature a pourvu à l'absence
totale de ces moyens d'agir ou de penser,
en accordant à ceux qui sont les plus éloignés de la civilisation un cœur et une âme
qui ne le cèdent en rien à ceux à qui la
nature se plut à accorder de si grands
avantages. J'ai également l'intention de

rendre plus excusables les torts qu'on nous reproche.

» L'un des deux nègres qui, atteint d'un coup de feu, est resté raide mort sur place, s'appelait Zélico. A peine avait-il fini de sucer le lait maternel, qu'il fut arraché aux siens, vendu et soumis, comme esclave, aux travaux les plus pénibles. On n'eut aucune considération pour sa jeunesse, non plus que pour son extrême faiblesse, et, loin de lui savoir quelque gré des efforts inouis qu'il faisait pour satisfaire aux exigences toujours croissantes de ses bourreaux, on en vint au point d'augmenter, à son égard, les mauvais traitemens qu'on lui faisait subir, et de lui reprocher, comme crime, l'extrême maigreur dans laquelle il était tombé.

» Il était impossible qu'en grandissant Zélico n'éprouvât pas de la haine pour ses cruels oppresseurs, et ne nourrît pas des

idées de vengeance : aussi, lorsque l'occasion s'offrit à lui de s'échapper de la case
où il était retenu, il s'enfuit dans les bois,
et fut rejoindre ceux de ses frères qui,
comme lui, avaient eu à se plaindre de
leur état de servitude.

» L'autre, non moins à plaindre, se nommait Azor. Sa famille entière, qui était
nombreuse et vouée en totalité à l'esclavage, avait péri sous les coups de bâton
que des hommes se disant policés lui
avaient beaucoup trop souvent fait admi-
nistrer. Resté seul des siens, et témoin des
scènes horribles qui se renouvelaient à
chaque instant sous ses yeux, il avait cru
ne devoir mieux faire, comme il est facile
de le penser, que de se soustraire à la mort
certaine qui semblait lui être réservée.

» Quant à celui de mes compagnons qui
vit encore, il est douteux que la mort ne
lui fût pas préférable à l'existence affreuse

qu'il goûte ici-bas. Mioko ainsi que Zélia, son amante chérie, s'aimaient dès leur plus tendre enfance, et semblaient, par cela même, peu destinés au malheur ; mais la Providence en avait décidé autrement. L'un et l'autre avaient été vendus sur les côtes de la Guinée et conduits ici. Esclaves d'un même maître et partageant les dégoûts d'une vie pénible et laborieuse que Mioko cherchait, autant que cela dépendait de lui, à rendre plus supportable à son amie en la soulageant d'une partie de ses travaux, ces deux amans, malgré quelques chagrins, croyaient encore leur situation préférable à celle de beaucoup d'autres de leurs frères. L'amour, on le sait, fait oublier toute autre peine. Il était dit, cependant, que le sentiment qui les aidait à supporter leurs peines occasionerait aussi leur malheur.

» L'homme auquel le soin des travaux

de l'habitation se trouvait être plus particulièrement confié, celui qui exerçait,
au nom du maître, une surveillance immédiate sur les esclaves, le régisseur, doué
d'un caractère de brutalité extraordinaire
et libertin à l'excès, avait vu Zélia et conçu
tout aussitôt pour elle une coupable passion. Plusieurs avances non équivoques
qu'il lui avait faites, et qui toutes étaient
restées sans succès comme aussi sans lui
laisser la moindre lueur d'espérance, au
lieu d'affaiblir ses désirs effrénés et de le
déterminer à oublier de criminelles pensées, ne firent qu'accroître l'espèce de frénésie qui s'était emparée de lui.

Persuadé qu'une esclave ne pouvait se
refuser à l'honneur qu'il voulait bien lui
faire de descendre jusqu'à elle sans avoir
des motifs puissans pour en agir ainsi, il
voulut les connaître pour les apprécier.
Comme il ne pouvait parvenir à lire au

fond du cœur de Zélia qu'en la surveillant très-attentivement, il se détermina à épier jusqu'au moindre de ses mouvemens. Un très-court espace de temps le mit à même de s'apercevoir qu'il avait un rival préféré dans Mioko, et que cet esclave était vraisemblablement le seul obstacle qui s'opposait à l'accomplissement de ses désirs. La connaissance de ce fait provoqua de sa part un nouveau plan de conduite.

» Croyant ne pas avoir montré assez de sévérité jusqu'à ce jour, il lui parut convenable de redoubler de rigueur à l'égard du nègre préféré, à l'effet de faire sentir davantage sa supériorité, et amener, par cela même, Zélia à faiblir pour adoucir le sort de celui auquel elle paraissait prendre un si vif intérêt.

» Ce que son raffinement de cruauté lui avait fait prévoir ne tarda pas à se réaliser; car Mioko ayant été condamné, pour

une faute légère, à recevoir deux cents
coups de bâton sous la plante des pieds,
Zélia, tremblante pour les jours de son
ami, se hâta d'aller se jeter aux pieds du
cruel régisseur, à l'effet de solliciter la
grâce de celui qu'elle chérissait.

» Tel qu'un oiseau de proie qui, après
l'avoir long-temps guettée, se voit enfin
prêt à la saisir, de même le luxurieux régisseur sourit en lui-même en voyant arriver celle dont il voulait, n'importe à quel
prix, faire sa victime.

» Aux yeux de ce juge très-disposé à se
montrer accessible, Zélia eut peu d'efforts
à faire pour se rendre intéressante. Quelle
que fût la cause qu'elle eût essayé de défendre, d'avance le gain lui en était assuré,
pourvu, toutefois, qu'elle voulût bien, à
son tour, montrer et prouver de la reconnaissance.

» Après qu'elle eut exposé avec clarté

et éloquence les motifs qui la détermi-
naient à prendre la défense de son ami
d'enfance, elle demanda que grâce pleine
et entière lui fût accordée. Ainsi que la
chose se pratique toujours en pareille circonstance, pour faire croire qu'on est in-
flexible à cause de la gravité de la faute
commise et donner plus d'importance à
un pardon, le régisseur se fit long-temps
et vivement prier ; puis enfin, et au moment où la négresse désespérait de réussir,
il finit par avoir l'air de ne se rendre qu'à
ses pressantes sollicitations, mais en y mettant un prix que depuis long-temps elle
avait refusé, et qu'elle consentit à accorder
pour sauver les jours de celui qu'elle chérissait.

» En raison de l'excès de leur amour,
les amans sont peu accessibles à la confiance. Mioko, qui aimait passionnément

son amante, n'était pas exempt de mouvemens de jalousie; et, comme il avait cru
remarquer dans les yeux du régisseur quelque peu de bienveillance pour elle et beaucoup de haine pour lui, il en tira la conséquence toute naturelle que Zélia pouvait
être l'objet de quelque projet funeste à son
amour.

» Cette pensée s'étant accrue au point
de lui faire croire une faiblesse possible
de la part de celle qu'il idolâtrait, il jugea
à propos de devenir observateur, et ce fut
précisément cette détermination, de sa
part, qui fit découvrir au régisseur qu'il
était son rival; et, par suite, le seul obstacle qui s'opposait aux projets qu'il avait
conçus.

» Le jour même où Zélia se rendit auprès de l'ennemi de son repos pour le solliciter en faveur de son ami, Mioko, que

le hasard venait de conduire dans une
pièce voisine de celle où l'entretien venait
de se tenir, et qu'une simple cloison en
séparait, avait entendu les dernières paroles seulement de l'accord qui venait de
se faire. Persuadé que son rival et son
amante infidèle se rendaient coupables en
ce moment d'un crime dont la pensée le
faisait frémir, hors de lui et armé d'un
poignard qu'il trouva sur un secrétaire, il
pénétra dans la chambre où se trouvaient
le régisseur et Zélia, et, sans leur demander ni attendre une explication, plongea à
plusieurs reprises dans leur sein le fer qu'il
tenait dans ses mains, et étendit morts à ses
pieds ceux qu'il ne pouvait plus que haïr.

» Ce double assassinat lui faisant apprécier combien il lui importait de pourvoir à sa sûreté par une prompte fuite,
il n'hésita pas à aller dans les bois grossir
le nombre des nègres que des motifs de

juste mécontentement y conduisent chaque jour.

» Pour ce qui est de ma personne et de
mes infortunes, je ne présente pas moins
d'intérêt que mes compagnons.

» Mon père était le chef d'une tribu
puissante. Sa famille, qui était extrêmement nombreuse, vivait heureuse sous son
égide protectrice, et ses frères le chérissaient également parce qu'il s'occupait
continuellement de leur bonheur.

» Ayant auprès de lui un Européen que
des motifs d'une haute importance avaient
contraint de fuir sa patrie et qu'un naufrage avait conduit sur nos rivages, il s'aidait des conseils et des lumières de cet
homme estimable dont la présence parmi
nous était un bienfait du ciel. Mon père
en avait fait son premier ministre, et, beaucoup plus favorisé de la Providence, par
suite de cette circonstance, qu'on ne l'est

dans nos climats, il put contribuer, du
moins, à l'émancipation des facultés intel-
lectuelles de ceux qu'il gouvernait.

» Ce fut de cet étranger que je reçus les
premières notions des choses que vraisemblablement j'aurais toujours ignorées,
et de qui j'appris quelques sciences et
même la connaissance de plusieurs lan-
gues. Tel est le motif qui, en faisant votre
surprise de m'entendre m'exprimer plus
correctement que mes compagnons d'in-
fortune, doit vous convaincre aussi de
l'espèce d'irritation que j'ai dû ressentir
lorsque je me suis vu déçu dans mes espérances.

» Avec les élémens de bonheur que
nous avions parmi nous, il était difficile
de rencontrer nulle part une tribu plus
heureuse que la nôtre. Aucune de celles
qui nous avoisinaient n'avait des motifs
plausibles de nous déclarer la guerre, et

si l'une d'elles ou bien même toutes réunies l'eussent tenté, nous étions en mesure de leur faire payer cher cette témérité. Le présent était tel que nous pou-
vions le souhaiter, et l'avenir s'offrait à
nous sous les couleurs les plus riantes. Cependant cette félicité, qui semblait être
parfaite, ne devait pas être éternelle : elle
fut tout-à-coup troublée et au moment
où nous nous y attendions le moins.

»Vers le milieu d'une nuit et pendant
que nous goûtions, dans le sommeil, le repos que nous procurait le calme de nos conscience exemptes de blâme, la maison de
mon père fut tout-à-coup envahie par des
étrangers, armés et débarqués sans doute
depuis peu d'instans sur nos rivages. Ils
s'emparèrent de quelques-uns de mes frères de couleur, de l'auteur de mes jours, de
moi-même, et puis ensuite, nous arrachant
de notre asile, nous conduisirent sur leur

bord, d'où ils nous retirèrent plus tard pour nous vendre. Le sort voulut que mon père et moi nous ne fussions pas séparés et qu'il me fût permis de partager, d'alléger même quelquefois le fardeau beaucoup trop pénible pour lui de l'esclavage.

» Malgré les efforts inouis que je faisais pour complaire à mon père, pour lui éviter même les ennuis d'une aussi triste position, en me chargeant et autant que je le pouvais des travaux pénibles qu'on lui imposait, je ne pus l'empêcher d'envisager avec horreur la situation du moment, et de jeter un coup-d'œil de regret vers le passé. Les tristes et bien pénibles réflexions que cette comparaison fit naître en lui, en affectant vivement son moral, affaiblirent considérablement ses forces physiques.

» Il résulta de cette disposition de son esprit une espèce de consomption qui l'af-

faiblit à un tel point qu'il lui devint difficile de se soutenir sur ses jambes. Cependant, comme lors de son arrivée dans
l'habitation il était doué de beaucoup
d'embonpoint et d'une force d'Hercule,
on lui reprocha cet état de maigreur. Un
sentiment sordide, un vil intérêt vint
même dans cette circonstance suppléer
l'humanité, et, déterminé par la crainte
de ne pas lui voir gagner ce qu'on dépen-
serait à le nourrir ou de ne pouvoir le re-
vendre, le régisseur de l'habitation conçut
la cruelle et affreuse pensée d'abréger ses
derniers momens.

» Telle fut du moins l'opinion que je
dus concevoir lorsqu'un soir, revenant
d'une course un peu éloignée qui m'avait
été prescrite, j'aperçus, au clair de la lune
et pendu à un arbre, un cadavre qu'en
m'approchant de plus près, déterminé
en cela par un sentiment instinctif, je

reconnus pour être celui de mon père.

» Je vous laisse à juger le sentiment d'horreur et de rage qui se manifesta immédiatement en moi à la vue d'un pareil spectacle. Comme je connaissais par expérience les cruelles habitudes des colons, je ne doutai pas un instant des véritables motifs qui avaient déterminé un aussi horrible attentat si contraire aux principes d'équité et d'humanité qui devaient, en toutes circonstances, présider aux actions humaines. Telles sont cependant les funestes conséquences d'un système de législation exceptionnel pour ces pays beaucoup plus soumis à l'arbitraire, au bon plaisir, qu'à des lois équitables.

» Si j'avais eu à ma disposition des moyens de vengeance, je les aurais immédiatement employés. J'étais dans l'une de ces positions difficiles à décrire, et, formant mille projets à la fois, je ne savais

à quoi me résoudre. Cependant, et nonobstant tout ce qui pouvait en résulter,
je me déterminai à recourir au moyen
extrême qu'en pareille circonstance mes
frères mettaient journellement en usage :
au lieu de rentrer à l'habitation, je me
rendis dans les bois qu'habitaient les nègres mécontens, et fus, par cela même,
augmenter le nombre des ennemis de nos
persécuteurs.

» A mon arrivée parmi eux, je ne fus
nullement étonné de leur nombre, non
plus que de leurs projets de vengeance.
Je m'étais familiarisé depuis long - temps
avec le sentiment de haine que mes semblables ressentaient envers ceux qui s'é-
taient cru le droit de s'arroger le titre de
nos maîtres.

» Ce ne furent donc pas de nouveaux
motifs d'antipathie contre les Européens
que je puisai dans mes relations avec les

nègres-marrons, non plus que dans le
genre de vie qu'il me fallut adopter;
mais parmi eux et avec eux je conçus le
doux espoir d'une vengeance. Elle pouvait peut-être se faire attendre encore
quelque temps; mais, par cela même, elle
n'en était que plus assurée.

» Réunis en grand nombre, qui s'aug-
mente encore chaque jour, les mécontens,
que les colons qualifient de nègres-marrons à cause de leur état de désertion, se
racontent leurs infortunes, se plaignent
de l'état d'abrutissement dans lequel on
persiste à vouloir les tenir, et s'occupent
sérieusement, en s'exerçant, des moyens
de recouvrer un jour une liberté dont,
à chaque instant, ils sentent davantage
le prix.

» Le malheur, en rendant l'homme
prudent, retrempe le courage qui n'a fait
qu'obéir aux nécessités du moment. Nos

détracteurs seraient plongés dans une
étrange erreur s'ils prenaient pour de la
lâcheté ce qui chez nous n'est que force
d'inertie. Après avoir goûté quelques instans de repos, le lion s'éveillant n'en est
que plus à craindre et n'en répand pas
moins la terreur autour de lui. Gare le
jour où, rangés en ligne, nous viendrons
demander compte à nos adversaires de
l'abus qu'ils firent du pouvoir, et leur réclamer les bienfaits d'une égalité qui
nous appartient par droit de simple
nature !

» Quoi qu'il en soit et en attendant ce
jour, qui pourra bien, s'il faut s'en rapporter au passé, être aussi le moment des re-
présailles et celui de l'expulsion des Européens de nos pays, nous prenons acte de
leurs méfaits, nous nous laissons éclairer de
leurs lumières et de leur expérience. Je ne
dois pas vous laisser ignorer, et c'est ici le

cas de vous le faire remarquer pour votre
gouverne, qu'un grand nombre de vos
compatriotes, mécontens sans doute du
rôle peu important et peut-être équivoque
qu'ils occupent parmi vous, s'en sont éloignés pour venir chercher un refuge chez
ceux que naguère ils persécutaient avec
une affreuse cruauté. Je vous laisse à penser si leur caractère chez nous leur donne
plus d'importance et doit leur laisser l'espoir de s'y préparer un heureux avenir.
Nous ne voulons pas, et pour cause, détruire les pensées chimériques qui les
préoccupent. Cet état de véritable illusion dans lequel ils se sont placés nous
est nécessaire et sert parfaitement nos
desseins.

» Il y a peu de jours encore que de
nouveaux transfuges sont venus se réfu-
gier parmi nous. Dans leur nombre se
trouvaient être plusieurs blancs et entre

autres ceux dont la plupart de mes frères
ont eu le plus à se plaindre pendant le
temps qu'a duré leur captivité. Pour pal-
lier, en quelque sorte, les reproches que
nous étions dans le cas de leur adresser,
ils nous ont déclaré que les actes de rigueur qu'ils avaient été contraints d'employer à notre égard ne provenaient nullement de leur fait, mais bien des ordres
précis que les colons, propriétaires des
habitations, leur avaient donnés.

» Malgré que nous eussions quelques
raisons de nous méfier de leur langage,
nous n'en feignîmes pas moins, et cela par
suite du plan de conduite que nous nous
sommes tracé, de croire ce qu'ils jugèrent
à propos de nous dire. Ce qui toutefois
sembla nous laisser quelque peu dans le
doute, c'est que l'un d'eux nous déclara
n'être sorti de l'habitation Blinval que
parce que ce colon avait voulu le con-

traindre à se montrer encore plus inhumain qu'il ne l'avait été jusqu'à ce jour.

» Nous savions que, depuis peu, vous étiez venu d'Europe. Votre caractère, toutefois, ne nous étant pas personnellement connu, nous dûmes croire ce qu'on jugea à propos de nous en dire, et, par suite, nous laisser aller jusqu'à seconder les desseins de vos ennemis, qui voulaient votre mort. Elle fut résolue, monsieur, et, comme l'on vous désigna à ma vengeance comme étant l'auteur de l'assassinat horrible qui m'avait privé de mon père, je n'hésite pas à vous déclarer que j'ai consenti, par cela même, et aidé de quelques-uns de mes frères, à me charger d'accomplir ce projet. Il est vraisemblable que vous eussiez péri victime de la haine qu'on nous a inspirée contre vous, si cet Européen, que nous n'avions pas aperçu, ne se fût trouvé là fort à propos pour vous prêter son appui.»

Blinval fut quelque peu surpris d'apprendre que les motifs de mécontentement que pouvaient avoir contre lui ceux qu'il avait expulsés de ses habitations allaient jusqu'à les déterminer à comploter de lui arracher la vie. Jugeant les hommes d'après lui, il pouvait leur supposer quelques défauts ; mais il lui répugnait de les croire capables de commettre un crime pour le plaisir seul de se rendre criminels. Que leur avait-il fait ? de quelle faute énorme s'était-il donc rendu coupable à leur égard pour qu'ils en voulussent ainsi à ses jours ? Il avait beau s'examiner, reporter sur toutes les actions de sa vie un coup d'œil sévère, il n'y trouvait que de justes motifs d'applaudir, non-seulement à sa conduite, mais encore à ses sentimens d'humanité, qui avaient toujours été dégagés d'arrière-pensée. C'est ce qu'il n'hésita pas à déclarer à ceux qui se trouvaient auprès de lui, et qui, dans le doute, pouvaient encore conserver quelque pen - sée qui fût défavorable à son caractère plein de loyauté.

Les deux nègres qui vivaient encore lui appartenait; il s'occupa des moyens de calmer les vives appréhensions qui pou- vaient, en ce moment, les préoccuper et leur inspirer quelques doutes au sujet de l'avenir qui leur était réservé : il leur dé- clara franchement qu'il ne conservait au- cune rancune au sujet de la tentative dans laquelle ils venaient d'échouer, et que, bien loin de mériter, de leur part, un pa- reil procédé, lorsqu'ils le connaîtraient mieux, ils sentiraient tout le prix de son patronage.

L'air de bonhomie qu'il apporta dans ses paroles et dans ses procédés sembla les rassurer entièrement. Aidé du con- cours que voulut bien lui prêter encore,

dans cette circonstance, celui qui venait
de l'arracher à une mort certaine, il les
détermina à rentrer dans leur case, les
engagea à suivre son exemple en oubliant
le passé, et à ne songer désormais qu'à se
créer, par une bonne conduite, un meilleur avenir. Le trajet du lieu où la scène
s'était passée à la principale habitation de
Blinval suffit pour arranger cette affaire
à la satisfaction générale.

Un autre objet, non moins important
que celui de replacer sous l'obéissance de
ses régisseurs les deux nègres marrons,
préoccupait, en ce moment, le vertueux
Blinval. Il souhaitait ardemment connaître le nom de son libérateur, comme aussi
de quelle manière il pourrait lui exprimer sa vive reconnaissance. Cette circonstance, qu'il n'était pas homme à négliger,
et qui avait beaucoup plus d'importance
à ses yeux que l'autre, n'allait cependant

qu'être secondaire, parce qu'il lui avait paru convenable de comprimer pour un instant sa curiosité et ses remercîmens, bien persuadé qu'il devait l'être que son libérateur lui saurait quelque gré de sa réserve.

A peine furent-ils entrés dans le salon de la maison qu'occupait Blinval, que celui-ci, faisant apporter des rafraîchissemens et renvoyant les importuns, fit asseoir l'étranger, prit un siége auprès de lui, et puis ensuite, lui exprima avec véhémence toute sa vive reconnaissance. Il crut devoir ajouter à l'expression de sa gratitude celle d'assurer son libérateur du désir qu'il ressentait de lui prouver autrement que par des paroles combien il se sentait disposé à faire quelque chose qui pût lui être agréable.

A cet effet, comme témoignage non

équivoque de sa sincérité, il lui déclara
que, se sentant entraîné malgré lui à lui
vouer une reconnaissance éternelle et un
attachement sans bornes, il le priait instamment de vouloir bien se faire plus particulièrement connaître à lui, et, par cela
même, le mettre dans le cas de resserrer,
s'il se peut davantage, les liens d'amitié
qui déjà les unissaient l'un à l'autre.

Considérant son action comme assez
ordinaire; persuadé que tout autre, à sa
place, en eût agi ainsi, et, par suite, peu
disposé à lui prêter ce degré d'importance
que, dans sa reconnaissance, Blinval voulait bien lui donner, l'inconnu, n'ayant,
du reste, aucun motif plausible de taire ce
qu'il était, crut devoir se rendre aux vives
instances de celui qu'il avait été assez
heureux d'arracher à un danger immédiat.

CHAPITRE II.

—

QUEL ÉTAIT L'INCONNU.

—

« Quoique la position dans laquelle je me trouve placé en ce moment se reproduise quelquefois dans le monde, je n'en présente pas moins aux méditations du sage l'exemple d'une existence bizarre.

» Mon berceau, comme celui de tous les enfans de famille, fut entouré de tous les hochets qu'on prodigue à la débile enfance, et, au fur et à mesure que j'avançai dans cette carrière qu'on nomme la vie, je fus dans le cas de m'apercevoir qu'un heureux avenir semblait m'y avoir été préparé par la divine Providence.

» Je reçus les soins empressés d'une bonne et tendre mère. Un père qui, au nombre des qualités essentielles qui le faisaient jouir de l'estime publique, joignait celle d'aimer son épouse et ses enfans, ne dédaigna pas de me donner très-souvent des témoignages non équivoques de sa vive tendresse. Une sœur, que je chérissais et de laquelle j'étais également aimé, partageait mon bonheur et la tendre sollicitude des auteurs de nos jours. Jouissant ainsi de tout ce qui constitue ici-bas la véritable félicité, je croyais pouvoir défier les destins ; mais on doit apprendre à ne les braver jamais.

» Cette mère si tendre, si soigneuse de ses enfans, nous fut enlevée, et l'Être suprême, en l'appelant à lui, voulut du moins nous conserver un appui en ne nous privant pas également de notre père. Quoique très-douloureuse pour nous, cette perte fut pourtant moins sensible à ma sœur et à moi, à cause de notre inexpérience, qu'elle ne le parut à mon père ; car il en fut, pendant long-temps, vivement affecté. Cette séparation lui fut même tellement pénible, à cause de l'attachement qu'il lui avait voué, que vraisemblablement il l'aurait suivie dans la tombe si des devoirs impérieux, celui entre autres d'assurer notre avenir, n'étaient venus lui rappeler qu'il n'était pas seul ici-bas. Cette circonstance, en lui retraçant l'étendue des obligations qui lui étaient imposées, lui fit également

sentir la nécessité de comprimer sa douleur, s'il ne pouvait, toutefois, la calmer
entièrement.

» En avançant en âge, j'éprouvai de si
douces, de si agréables émotions, qu'il me
serait impossible, malgré les événemens
malheureux qui les ont suivis, de pouvoir
jamais les oublier. Je ne crois pas, toutefois, devoir m'étendre davantage sur des
détails puérils pour tout autre, et qui n'ont
un véritable intérêt que pour moi. Il me
suffira de vous dire, je pense, qu'après avoir
goûté par anticipation un bonheur qui ne
pouvait être réel que dans une imagination
délirante comme l'était alors la mienne,
j'ai été frustré tout-à-coup dans mes plus
chères espérances. Mon père et ma sœur
m'ont été enlevés en même temps, et je
suis resté seul sur cette terre de douleurs
pour souffrir et non pour me plaindre;
car aucun ami, du moins sincère, ne m'a

été accordé par le ciel pour entendre mes chagrins et les calmer en sympathisant avec eux.

— Je remplacerai ici-bas, s'écria Blinval en lui serrant fortement la main, tout ce que vous y avez perdu et que vous regrettez si justement. Ce témoignage sincère de vos sentimens affectueux pour ceux qui vous ont été enlevés fait leur éloge et le vôtre. Si ma reconnaissance ne vous était acquise en même temps que mon amitié, l'expression franche de votre douleur, en me faisant plus particulièrement connaître votre pensée, eût suffi pour vous les faire obtenir à tout jamais. Des obligations bien douces et sacrées viennent de m'être imposées depuis peu ; veuillez croire que je saurai les remplir, et que, me mettre à même de donner des preuves de sincérité pour l'un et l'autre des sentimens que je vous déclare ressentir pour vous, sera me mettre dans le cas de goûter une nouvelle félicité.

— Je n'hésite pas à le croire.

— Veuillez, je vous prie, me continuer votre narration.

— Mes chagrins ont un degré de gravité bien autrement important. S'il ne se fût agi que de la mort d'un père ou d'une sœur, quelque douloureuses que fussent pour moi ces deux pertes, la religion m'eût fourni les moyens de tarir mes larmes ; mais, en m'ôtant ces deux amis, la Providence voulut sans doute m'accabler entièrement. Je restai sans nom ; car je n'étais ni le fils ni le frère des deux êtres auxquels je m'étais cru uni par les liens du sang.

— Que voulez-vous dire ?

— Peu d'instans avant de fermer la paupière, celui qui m'avait tenu lieu de tout ici-bas, et m'avait élevé, m'apprit qu'il n'était pas mon père; qu'il ne savait même pas à qui je devais le jour, et que, jusqu'à ce moment, lui-même avait été dupe d'un abus de confiance dont s'était rendu coupable la nourrice à laquelle son fils avait été confié, et auquel j'avais été substitué.

» Tout en me communiquant ce mystère, qu'il ne lui était pas permis de me dévoiler parce qu'il n'en savait pas plus long, il ne m'en assura pas moins la part d'héritage qu'il m'avait destinée comme si j'eusse été réellement son fils, et, par cela même, pourvut à mes moyens d'existence.

» Ayant donc perdu les seuls êtres au monde que je chérissais et qui tenaient quelque peu à moi, je me vis réduit à un tel degré d'isolement, que je fus effrayé de ce vide de la nature. Voulant le combler le plus promptement possible, je me déterminai à fuir ma patrie et à aller chercher

sur un sol étranger des affections et un
asile que désormais je ne croyais plus
devoir rencontrer dans mon pays natal.

» Il me parut honorable et même nécessaire de me livrer à un genre d'occupation quelconque, parce qu'en même
temps que j'augmenterais mes ressources
pécuniaires, je trouverais encore dans cette
nouvelle carrière de quoi diminuer mes
chagrins.

» Je réalisai donc immédiatement en
numéraire la valeur de mon héritage, puis
ensuite j'en échangeai le montant contre
des marchandises, les embarquai à bord
d'un navire, et, bientôt après, je mis à la
voile pour les colonies où je présumai
devoir trouver, sinon la fin, du moins un
palliatif à mes infortunes.

» Nous voguions à pleines voiles, toutes
voiles dehors, par le plus beau temps possible, et déjà nous avions fait plus des trois

quarts de notre route, lorsque, en s'élevant, une de ces brises qui sont toujours pour les marins les avant-coureurs d'un gros temps, contraignit le commandant du bâtiment à ployer plusieurs voiles et à rentrer même quelques ris. Le ciel, d'abord serein, se couvrit peu à peu de nuages, et bientôt les aquilons, se déchaînant avec force, vinrent nous annoncer qu'il fallait se préparer à essuyer une tempête. Placé sur le tillac, et pour ainsi dire insensible à tout ce qui se passait autour de moi sur le pont, je ne pus être indifférent au spectacle effrayant et magnifique qui s'offrit à ma vue.

» D'un côté, le soleil dardait avec ardeur ses rayons brûlans, et les flots écumeux se teignaient du pourpre de ses feux ; de l'autre, l'horizon, obscurci, semblait renfermer la nuit, et de son sein ténébreux s'échappaient avec rapidité des nuages épais qui, s'étendant sur la voûte

azurée, la voilaient de leurs sombres couleurs; les vagues, tumultueusement agitées
et s'élevant avec fougue, creusaient à leurs
bases des gouffres profonds où, l'instant
d'après, elles s'engloutissaient en se brisant.
Leurs longs mugissemens se confondaient
avec le bruit sourd du tonnerre qui gron-
dait dans le lointain; mais les nuages
s'amoncelaient, et, dans leur choc impé-
tueux, laissaient tomber de larges gouttes
d'eau qui s'échauffaient en traversant
l'atmosphère enflammé : bientôt, la mer
en désordre fut couverte d'une lugubre
obscurité; le navire, qu'élevait dans les
cieux une vague irritée, en fut précipité
par les vents en furie, et la foudre éclaira
sa chute en serpentant sur le bord des
nuages sulfurés.

» Le pilote et l'équipage luttaient cou-
rageusement contre les élémens en furie.
La physionomie de ces hommes, naguère

encore si joyeux, offrait en ce moment
un caractère de tristesse et d'effroi qui ne
s'était pas étendu jusqu'à moi. J'étais resté
impassible au milieu des dangers qui nous
menaçaient, admirant tranquillement
cette superbe horreur. Tout-à-coup un
éclair brille, auquel bientôt en succède
un nouveau qui sillonne les airs; mais la
foudre l'accompagne en éclats et vient
frapper le navire qui s'enfonce dans les
eaux. Le vaisseau fut submergé ainsi que
tout l'équipage.

» En revenant sur la surface de l'eau,
j'aperçus les débris du bâtiment et non
loin de moi une planche. Un sentiment
qu'il me serait impossible de qualifier,
puisque je ne tenais pas à la vie, me porta
cependant à m'en emparer. Je voulus, et
ne sais trop pourquoi, la conserver. Avec
ce faible secours dont je me fus bientôt
rendu maître, sachant du reste parfaite-

II.   5

ment bien nager, je fis des efforts inouis et parvins, non sans beaucoup de peine et au bout de deux jours seulement, à aborder terre. Je me trouvai dans une île déserte, élevée sur d'énormes rochers au pied desquels plusieurs pièces de bois et même des barils, provenant du navire naufragé, étaient venus également s'échouer.

»Je m'abstiendrai de vous donner ici une relation circonstanciée et peut-être trop minutieuse de la position toute nouvelle dans laquelle, tout-à-coup, je me trouvai placé. Il me suffira de vous dire, je pense, que l'île dans laquelle la Providence m'avait si miraculeusement conduit était d'une étendue de terrain peu considérable, et qu'à l'exception d'un très-petit nombre d'arbres fruitiers, elle n'offrait aucune espèce de ressource pour la vie animale. Toutefois, en m'arrachant à une mort certaine, le régulateur de toutes

choses ici-bas ne m'avait pas totalement
abandonné. Quelques-uns des tonneaux
que les vagues de la mer avaient jetés sur
ces rochers, et que j'eus soin de retirer de
l'eau, contenant du biscuit, du riz et même
du vin, me fournirent les moyens convenables de subsister.

» Je passai un mois entier dans cette
cruelle et bien pénible alternative. Pendant cet intervalle de temps, je fus assailli
par une foule de réflexions ; et , chose
étrange, c'est que celle qui sembla prédo-
miner toutes les autres fut précisément
celle à laquelle, depuis quelque temps,
je n'ajoutais plus la moindre importance.
Vous comprenez qu'il était question de ma
vie. Je n'y tenais pas, et cependant, vous
le voyez, j'avais tout fait pour la conserver. En ce moment même d'un total abandon de la part de mes semblables, j'aurais
été fâché de mourir sans les revoir, sans

oser espérer de rencontrer parmi eux les
auteurs de mes jours.

» Peut-être, me disais-je, que l'espèce
d'abandon dans lequel je fus trouvé n'é-
tait pas volontaire, et qu'il fut déterminé
par des causes indépendantes de la volonté
de mes parens. Des liaisons amoureuses,
entretenues par de jeunes amans non mariés et contrariés par leurs familles, auront eu pour résultat ma naissance, et
depuis cette époque, unis sans doute par
les liens du mariage, ils gémissent sur l'é-
loignement forcé qu'ils se sont vus contraints de m'imposer. Peut-être aussi que
j'appartiens à une pauvre famille, et que
les soins comme aussi les secours que je
serais dans le cas de procurer à ceux dont
je tiens l'existence, contribueraient effica-
cement à alléger leurs derniers momens.

» Ces diverses pensées, en se présentant
en foule à mon imagination, contribuaient

puissamment, je vous le répète, à m'attacher à la vie.

» Quelle que soit la position de l'homme, et je parle ici avec quelque expérience, il lui est impossible d'abandonner
de sang-froid une vie qui, en lui occa-
sionant des chagrins, lui offre en com-
pensation quelques instans de plaisir.
Soyez-en bien persuadé, un suicide n'a
jamais été déterminé par de sages réflexions; il a toujours, au contraire, été
le résultat d'une imagination exaltée, et,
par conséquent, peu propre à entendre le
langage de la raison.

» Une grotte que la nature avait creusée
dans les rochers me servait de demeure :
quelques planches, de celles que j'avais
sauvées du naufrage et que j'avais conve-
nablement placées dans mon habitation,
me la rendirent beaucoup plus commode.
Réduit aux vivres dont je vous ai parlé et

que, chaque jour, je voyais diminuer ;
n'attendant aucune espèce de ressources
d'une île que vainement et plusieurs fois
j'avais parcourue dans tous les sens et dans
laquelle je n'avais aperçu aucune espèce
d'animaux, j'attendais de la Providence
seule le secours dont j'avais grand besoin.
Cette attente, de ma part, ne fut pas vaine,
et l'Être suprême, en me manifestant
d'une manière toute miraculeuse sa bien-
veillante sollicitude, sembla m'annoncer,
par cela même, qu'il ne m'avait pas totalement abandonné.

» J'étais placé, un jour, sur le rocher le
plus élevé de l'île et contemplais avec un
sentiment d'admiration la vaste étendue
de la mer, lorsque, tout-à-coup, ma vue
s'arrêta sur un objet que son trop grand
éloignement m'empêcha de distinguer parfaitement, mais qui me parut être sur la
surface des eaux. En redoublant d'atten-

tion, et au bout de quelques instans, je crus reconnaître un navire dans ce quelque chose encore très-éloigné. Jugez de ce que je ressentis lorsque, peu de momens après, j'acquis la conviction intime que ce n'était point une illusion de mes sens, et qu'un bâtiment, en effet, s'approchàit réellement du lieu où j'étais.

» La pensée que je pouvais lui devoir ma délivrance s'offrit immédiatement à moi, et, comme je ne voulus pas avoir à me reprocher de n'y avoir pas puissamment contribué, je quittai ma chemise et l'attachai, en signe de détresse, à la branche la plus élevée d'un arbre qui avait poussé en cet endroit. A cause des vents contraires, sans doute, je vis le bâtiment long-temps louvoyer; puis ensuite et lorsqu'il fut parvenu à portée de la vue, je remarquai, en ayant été vraisemblablement aperçu, qu'il lança un canot à la mer,

qui, à force de rames, se dirigea vers
l'île.

» Je vous laisse à juger l'espèce d'émotion que je ressentis lorsque, plus à proxi-
mité de l'embarcation, je pus me faire entendre et recevoir, en échange, l'assurance qu'on m'avait parfaitement compris et qu'on venait à mon secours. Bientôt, en effet, je me vis au milieu de mes
libérateurs, qui m'adressèrent mille questions auxquelles je répondis par le récit
exact des événemens de mon naufrage :
circonstances qu'il me fallut encore répéter lorsque je fus arrivé à bord du navire où j'avais été presque aussitôt conduit. On ne se lassait point de m'interroger et de m'entendre.

» En échange des détails circonstanciés
que je donnai de mes récentes infortunes,
je reçus du capitaine et de tout l'équipage
l'accueil le plus flatteur et le plus bien-

veillant. Mes libérateurs, et je puis dire
mes nouveaux amis, appartenaient à la nation hollandaise. Depuis plusieurs mois,
ils avaient quitté leur patrie et se rendaient, en ce moment, aux Antilles, où
nous ne tardâmes pas à arriver.

» Avant de débarquer, j'avais reçu du
brave capitaine Vandebec, qui commandait le bâtiment, les témoignages les
moins équivoques de son sincère attachement. Quand je fus à terre et avant de
repartir pour un voyage qu'il allait faire
autour du monde, il me laissa une somme
suffisante pour pourvoir, pendant quelque temps, à toutes les choses nécessaires
à la vie, et me recommanda vivement à
l'un de ses compatriotes qui possède ici
quelques habitations. Il partit : nos adieux
furent touchans ; car nos larmes se con-
fondirent. Puisse la divine Providence me
favoriser assez pour le rencontrer un jour,

et me mettre à même de lui exprimer, autrement que par des paroles stériles, toute
la gratitude que je conserve pour ses généreux procédés !

» N'étant pas, fort heureusement pour
moi, tout-à-fait dénué d'instruction; possé-
dant même quelques sciences et plusieurs
arts d'agrément; sentant, en outre, la
nécessité de pourvoir à mes moyens
d'existence d'une manière honorable, j'of-
fris mes services et fus assez heureux pour
les faire accepter.

» Depuis quelques mois seulement j'ha-
bite ce pays, et n'ai qu'à me louer de
ma détermination. Il m'arrive de temps à
autre, et cela dans le but de me distraire,
de parcourir la campagne. Je m'amuse à
prendre des points de vue : quelquefois je
fais la chasse aux bêtes fauves. Ce matin,
j'étais sorti dans cette dernière intention
lorsque le hasard, en me conduisant de

ces côtés, m'a mis à même de vous être
utile. Je me félicite doublement de cette
heureuse circonstance, puisqu'elle m'a
permis de vous délivrer d'une mort certaine et qu'elle me facilite les moyens
d'avoir des relations intimes avec une personne de votre mérite.

— En même temps que je vous renouvelle l'assurance bien sincère de ma reconnaissance, permettez-moi de vous offrir de nouveau mes services. Le narré que
vous venez de me faire de vos tristes infortunes, qui m'ont vivement intéressé, joint
au sentiment de gratitude que je ressens
pour le service que vous m'avez rendu, me
prescrivent des devoirs que je désire et
que je vous prie instamment de me permettre de remplir. Je possède des richesses, quelque crédit et, par cela même,
les moyens de vous être utile. Veuillez
donc me dire avec franchise en quoi et

comment je pourrais vous être agréable.

— Vous me rendez vraiment confus
en exagérant ainsi le léger service que j'ai
été assez heureux pour vous rendre, et
malgré le besoin que j'éprouve d'être aidé,
je ne sais réellement pas s'il ne me con-
viendrait pas plutôt de refuser vos offres
généreuses que d'avoir ainsi l'air de mettre un prix à une action si simple.

— Pour lever vos scrupules et faire totalement disparaître le sentiment honorable qui vous fait hésiter en ce moment
à accepter avec empressement mes services, je dois vous déclarer que c'en est un
nouveau que j'attends de vous.

— Je ne vous comprends pas.

— Voici ce dont il s'agit. Venu de France,
depuis peu de temps, à l'effet de m'assurer
dans ce pays de la manière dont mes possessions étaient administrées, j'ai été contraint de me débarrasser d'un assez grand

nombre de personnes qui avaient cruellement abusé de ma confiance. Par suite
des changemens que j'ai faits, je crois être
assez heureux pour obtenir des résultats
avantageux; mais je ne serais pourtant
pas fâché, au lieu d'espérances, d'être certain que mes prévisions se réaliseront. En
vous plaçant à la tête de mes habitations,
et vous chargeant de la surveillance immédiate de tous ceux qui y occupent quelque emploi, j'aurai la certitude d'être
parfaitement bien représenté, et que mes
intérêts seront vivement défendus.

— Sous le rapport de votre confiance,
je justifierais pleinement votre attente;
mais, n'étant pas agriculteur, je craindrais
de laisser en souffrance quelque branche
essentielle de mes nouvelles obligations.

— Cette méfiance de vos mérites vous
honore infiniment; mais, à ce sujet, vous
me permettrez de ne pas être d'accord avec

vous. Peut-être aussi que vous préféreriez occuper un emploi en France.

—J'avoue que ce serait mettre le comble à tous mes désirs; car, n'ayant pas pour fuir ma patrie les mêmes motifs que j'avais autrefois, et mes idées, à cet égard, ayant totalement changé, je désire ardemment y retourner, dans l'espoir d'y retrouver un jour ceux qui m'ont donné l'existence.

— Je puis vous en offrir les moyens, et là, comme ici, vous pourrez m'être extrêmement utile. Le gérant de ma maison se fait vieux et a besoin d'un aide : vous lui en servirez, et à sa mort, qui malheureusement ne saurait tarder, vous le remplacerez. Si cette proposition vous plaît davantage que l'autre, sous peu de jours nous mettrons à la voile pour nous rendre à Bordeaux.

— A Bordeaux ! dites-vous ?.....

— Oui, sans doute. Que trouvez-vous en cela d'étonnant?

— C'est que Bordeaux est précisément ma ville natale.

— Tant mieux; à moins, toutefois, que vous n'éprouviez de la répugnance à aller l'habiter.

— Bien loin de là. Cette circonstance, au contraire, facilitera vraisemblablement mes recherches, et me mettra plus à même de savoir comment je fus trouvé et remis ensuite au respectable et vertueux M. Belmond.

— Quoi! vous seriez cet enfant qu'éleva cet homme excellent, et dont les infortunes non méritées ont intéressé tous les honnêtes gens?

— Lui-même.

— Tant mieux; car, sans vous connaître, je vous estimais; depuis que je vous ai vu et que je sais qui vous êtes, mon attachement, s'il se peut, n'a pu qu'augmenter. »

Cet entretien et les circonstances qui l'avaient motivé déterminèrent Blinval à hâter son retour en France. Il prescrivit quelques dispositions indispensables à ses intérêts d'outre-mer, et puis ensuite, accompagné d'Edouard, il s'embarqua sur le même navire qui l'avait amené dans les colonies, et fit voile vers Bordeaux.

CHAPITRE II.

————

LES CONVERTISSEURS.

————

Lorsque Blinval fut de retour à Bordeaux, la première chose de laquelle il
s'occupa ce fut d'installer, auprès de son
gérant, le jeune et estimable Edouard, auquel, et de jour en jour, il s'était davan-

tage attaché; puis ensuite il questionna
M. Gelibert sur les soins importans qu'il
lui avait confiés avant son départ pour
les colonies. Toutefois, et comme, sous le
rapport de la probité et de ses intérêts
commerciaux, il était parfaitement tranquille et savait que sa confiance ne pouvait
être mieux placée, ce ne fut pas sur cet
objet qu'il interrogea son vieil ami. Sa
pupille et son fils étaient trop, l'un et l'autre, les objets de sa prédilection toute particulière pour qu'il pût ne pas désirer ardemment de connaître et juger même, par
ses yeux, des progrès de leur éducation.

Julie était encore au couvent, et ne devait en sortir, ainsi que cela avait été convenu à l'avance, qu'au moment où son
tuteur serait de retour. Quant à Victor,
pendant l'absence de Blinval, M. Gelibert
l'avait confié aux soins d'un nouveau précepteur, qui avait été chargé de l'élever et

de le conduire dans le monde; car, ayant
atteint l'âge des passions, et le vieux gérant, par suite de ses infirmités et de ses
nombreuses occupations, ne pouvant se
charger d'un pareil soin, qui, d'ailleurs,
n'était pas dans ses goûts, il avait bien
fallu s'en rapporter à un autre.

Blinval retrouva dans son fils un beau
garçon, un homme fait, s'il est permis d'employer cette qualification; mais ayant cru
remarquer dans ses manières quelque peu
de contrainte, il en fit l'objet d'une obser-
vation auprès de M. Robert, son instituteur et son mentor. Celui-ci lui répondit
qu'il travaillait journellement à détruire
ce qu'il considérait plutôt comme une
simple gaucherie que comme un défaut,
et qu'elle disparaîtrait lorsque son élève
aurait un peu pris les manières et le ton
de la bonne compagnie dans laquelle il
avait le soin de l'introduire. Cette obser-

vation paraissant juste à Blinval, celui ci
pria le précepteur de continuer encore à
donner ses conseils à son fils, et puis, ensuite, lui réitéra l'assurance donnée par
Gelibert qu'il ne demeurerait pas en reste
du service qu'il en réclamait, et saurait
l'en récompenser généreusement.

Si l'attente du père de Victor avait été
quelque peu déçue à l'égard de son fils,
combien il dut être enchanté de l'entrevue
qu'il eut avec sa pupille! Sous le rapport
de l'éducation, des manières distinguées
et de la beauté, Julie était une personne
parfaite. En voyant son tuteur, elle se jeta
dans ses bras, et montra une si grande
joie, que des larmes d'attendrissement et
de plaisir se firent jour à travers ses pau-
pières. Le bon et vertueux Blinval ne put
retenir les siennes que déterminèrent les
mêmes motifs. Néanmoins, il crut devoir
engager sa fille adoptive à calmer cet ex-

cès de sensibilité qui pouvait être nuisible
à sa santé.

Comme l'éducation de Julie était terminée et que le moment de sa majorité était
arrivé, Blinval lui fit quitter le couvent,
après avoir toutefois laissé aux dames de
la Visitation des témoignages non équivoques de sa reconnaissance, et l'emmena
chez lui, où elle occupa l'appartement de
sa mère.

Ici, des occupations tout autres vinrent
s'imposer à la pupille de Blinval. Elle en
sentit l'importance, et se familiarisa en
peu de temps avec elles. Naturellement
elle dut se charger de la surveillance immédiate d'une maison qui, par cela même
qu'elle avait long-temps été laissée entre
des mains étrangères, réclamait des soins
tout particuliers. Julie s'acquitta, de prime-
abord, de cette importante mission avec
une connaissance des choses et un aplomb

peu ordinaire : il est vrai que dans le couvent où elle avait passé plusieurs années
on s'était fait un devoir de l'instruire de
toutes les obligations que la société impose plus particulièrement aux femmes.

Cependant, au milieu de la nouvelle satisfaction que goûtait Blinval d'être entouré de sa famille et des amis sincères
qu'il affectionnait et dont il était vivement
chéri, une circonstance, peut-être peu importante en elle-même, l'affectait de temps
à autre. Il avait cru remarquer que la
physionomie de sa pupille, ordinairement
gaie, se rembrunissait par momens et
prenait une teinte de mélancolie qui tenait de la tristesse. Comme il ne pouvait
présumer quelle était l'espèce de chagrin
qui venait ainsi déranger le cours d'une
vie qu'il se plaisait à embellir, il pensa
d'abord que cela pouvait tenir à des idées
fantastiques auxquelles ne sont que trop

assujéties les jeunes personnes. Par cette raison, il s'abstint de lui en parler, se contenta de l'observer, et mit en usage tous les moyens possibles, sans y mettre de l'affectation, d'écarter de ses pensées tout ce qui pouvait l'attrister.

Un jour que le hasard le conduisit dans l'appartement de Julie sans y être attendu, il fut tout étonné de la trouver dans les larmes. Ce fut en vain qu'à la vue de son tuteur elle s'empressa de les essuyer et de donner à sa physionomie un air riant : Blinval avait tout vu, et il chérissait trop sa nièce pour ne pas lui demander compte d'une conduite si étrange. Les voies de la persuasion, les conseils de l'amitié et les droits qu'il avait sur sa pupille furent, tour à tour, mis en usage pour vaincre sa répugnance et la faire parler ; mais enfin, et au milieu d'un torrent de pleurs, cette jeune personne déclara à son oncle que, pendant son absence, on avait abusé de son inexpérience et de sa faiblesse pour lui faire abjurer le protestantisme et embrasser la religion catholique.

Il est impossible de pouvoir rendre ce qu'éprouva, en ce moment, le vertueux et trop sensible Blinval. Ce n'était pas seulement de l'indignation, c'était quelque chose de plus; car il ne pouvait entrer dans sa pensée qu'on abusât ainsi de la confiance et des engagemens qui, de part et d'autre, avaient été pris.

Ainsi se trouvaient avoir été éludées les promesses sacrées qu'on avait faites au père et au tuteur de Julie ! Que penser désormais de ces engagemens pris sous la protection des lois du pays ? car, en sa qualité de citoyen des États-Unis d'Amérique, M. Brown avait eu lieu de s'attendre à quelque appui de la part du gouvernement français, auprès duquel il était venu chercher un asile ; et il lui avait totalement manqué.

Il était étranger ; il était venu en France sur la foi des traités et sous la protection du droit des gens. Ayant fidèlement observé les lois du pays, il s'était pourtant vu froissé, quoique mort, dans ses droits les plus sacrés, dans ses affections les plus chères. Américain et protestant, il était venu en France sur la confiance que lui inspirait la paix existante entre les deux nations ; il y était devenu propriétaire sur la foi des lois qui permettent aux étrangers d'acquérir, et il avait même obtenu de Sa Majesté la jouissance des droits civils ; ce qui le relevait du droit de réciprocité.

Ce père, confiant dans la législation qui déclare protéger tous les cultes, voulut pourvoir à l'éducation de sa fille, sans entrevoir la possibilité qu'aucune intrigue religieuse pût le séparer volontairement d'elle. Son espérance a été déçue. Des hommes, qui se font *convertisseurs*, lui ont enlevé sa fille à la fleur de son âge. Un couvent, ou plutôt un repaire où il l'avait placée, a élevé, entre la croyance religieuse de son père et la sienne, une barrière insurmontable. Pauvre père ! Cette fille, qui faisait ton orgueil et remplissait ton âme des plus douces espérances pour l'avenir, a été arrachée à la religion que tu lui avais transmise avec tes vertus, et à laquelle tu lui avais fait une loi de persévérer.

Les grâces de la jeunesse, les dons de la nature, la fortune qui l'attend, tous ces avantages qui semblaient devoir assurer son bonheur et celui de l'auteur de ses jours, lui restent, il est vrai ; mais cette foi de ses pères, cette croyance religieuse dans laquelle elle avait été élevée en naissant, lui avaient été enlevées pour sub-

stituer à sa place une religion autre que
la sienne. Malheureux père ! qu'aurai-stu
pensé d'un pareil renversement de tes
projets, si tu en avais été le témoin ? L'espoir d'un faux zèle et le triomphe d'une
cause ont cependant fait abjurer à une
jeune fille sans expérience une foi religieuse que, comme ses pères, elle devait
un jour transmettre aux siens.

En mettant sa pupille dans cette maison,
Blinval avait cru bien placer sa confiance.
Combien l'idée contraire, et, par suite, son
désappointement, ne dûrent-ils pas l'affec-
ter péniblement ! Il avait expressément
été convenu avec la maîtresse de pension
que l'éducation que recevrait Julie se bor-
nerait aux sciences et aux talens d'agrément. Cette dame avait pris l'engagement
solennel de ne chercher en rien à ébran-
ler la croyance religieuse dans laquelle
elle avait été élevée ; et le premier usage

qu'elle fit de la confiance qu'on lui avait accordée fut précisément de forfaire à ses sermens. Quelle abominable conduite!...

Tranquille sur le sort de sa pupille, il était resté dans une sécurité trompeuse, tandis qu'à l'abri d'une promesse aussi sacrée on avait indignement abusé de sa confiance et de celle du père de Julie. Cette pensée était d'autant plus affreuse à supporter de la part de Blinval, qu'il lui avait toujours répugné à croire qu'on pût s'en rendre coupable. Jugeant les hommes d'après lui, il les croyait tous bons, tous généreux. Combien était grande son erreur!...

Julie, qui, par un sentiment de faiblesse, avait pu oublier un instant sa famille et abjurer sa religion, n'avait cependant pas appris l'art infâme de la dissimulation. Elle répondit, avec franchise et les yeux humides, aux questions de son tuteur, et

lui fit connaître, dans les plus grands
détails, les moyens de perversion qu'on
avait mis en usage pour l'égarer. Combien, en tombant, le voile qui lui dérobait
cette ténébreuse intrigue, lui fit apercevoir toute l'étendue d'un malheur qu'il
n'aurait jamais osé soupçonner!

Qu'on se représente ce que dut éprouver cet homme de bien à la connaissance
exacte des moyens qu'on avait mis en
usage pour détourner de ses devoirs une
jeune fille inexpérimentée! On avait surpris
sa confiance à lui, séduit sa nièce, usurpé
les droits que la religion, la nature et la
loi lui donnaient sur elle. Croyant, sa
conscience était blessée dans sa partie la
plus sensible ; tuteur et, pour ainsi dire,
père, à cause de la vive tendresse qu'il
ressentait pour sa pupille, son cœur était
déchiré dans ses affections les plus vives ;
toutes ses idées de religion, d'honneur,

de liberté, de justice, se révoltèrent à
l'idée d'une violation aussi cruelle des
droits les plus respectables et les plus sacrés. Il se modéra toutefois.

Combien cependant le vertueux Blinval
eut à gémir en apprenant à quel point on
avait abusé de la jeunesse de sa pupille,
de son inexpérience et de sa crédulité! En
quinze jours sa conversion s'était opé-
rée! Et que lui avait-on appris? Quelle
idée lui avait-on donnée des dogmes nouveaux dans lesquels on l'avait initiée?

Indigne superstition qui semble vouloir
replonger la France dans les ténèbres de
l'ignorance et les horreurs du fanatisme!
Citoyens éclairés et consciencieux d'une
nation qui a vu briller de si vives lumières et donné le jour à tant de grands hommes, le croirez-vous? c'est l'histoire d'un
juif et d'une fille de joie tourmentés par
l'apparition d'une hostie sanglante, sus-

pendue sur leurs têtes; ce sont ces fables
ridicules, ces miracles absurdes, dignes
d'orner les légendes d'un peuple abruti
par la superstition, que l'imbécillité ou la
mauvaise foi ont pu seules croire et propager, et que les sectateurs éclairés de votre
religion rejettent avec indignation et mépris; c'est là ce que des hommes égarés
ou pervers ont appris à leurs infortunés
prosélytes! voilà la doctrine qu'ils leur ont
inculquée, et ce que, aidé de l'absence de
Blinval et de l'idée qu'il pourrait ne plus
revenir, on avait appris à Julie.

Non contens d'exhumer ces honteux
monumens du fanatisme et de la stupidité,
ces prétendus *convertisseurs* ont voulu
rendre notre siècle complice de leurs grossières erreurs ou de leurs desseins impies;
et l'histoire de prétendus miracles qui se
sont opérés à Amiens et dans d'autres
lieux était encore un des moyens qu'ils

avaient employés pour persuader cette jeune fille.

Abusant des armes les plus sacrées, ils lui avaient mis dans la mémoire des passages des saintes Ecritures, et c'est à l'aide du texte saint, perverti par ses indignes maîtres, que cette malheureuse enfant avait disputé à son père l'autorité sacrée qu'il tenait de Dieu même.

Ah! sans doute le scandale est dans le crime; il n'est pas dans la voix courageuse de l'éloquent accusateur ou dans la plainte de la victime! Toutefois, et comme preuve non équivoque de scandales semblables renouvelés journellement, nous nous abstiendrons de citer des noms que l'on croit respectables; on ne verra pas figurer dans ces récits des princes de l'Eglise, des prélats placés auprès du trône.... un d'eux, surtout, qu'on représente comme le principal auteur de plusieurs maux!...

Nous épargnerons à la religion et à la morale la honte de mêler son nom à des scènes déplorables.

Julie avait été enlevée à la religion de ses pères, sinon par violence, du moins par des moyens plus dangereux encore, puisqu'ils laissaient moins de traces, et qu'il est plus difficile de s'en garantir; par des moyens que nos lois ne punissent pas avec moins de sévérité, on avait commis sur elle le rapt de séduction, et aucun moyen ne s'offrait à Blinval de le faire punir, tant est grande, en France, l'influence du sacerdoce!

Et par qui avait-elle été séduite? Par la maîtresse de pension à qui son tuteur l'avait confiée! Indigne usage de la profession qu'elle exerçait! abus de confiance le plus cruel de tous! Elle devait le remplacer auprès de sa pupille, et elle s'était servie contre lui de l'empire qu'il

lui avait donné sur elle! Elle l'avait employé pour pénétrer dans sa conscience,
s'en emparer, la remplir de terreurs; elle
avait entretenu sa sécurité pour achever
son ouvrage; au mépris de ses devoirs, au
mépris de l'engagement formel qu'elle
avait pris en la recevant de ses mains, elle
avait profité de sa crédulité, lui avait
inspiré de l'horreur pour la religion
qu'elle tenait de l'auteur de ses jours et
pour lui-même, en la rendant ennemie
de son culte, de son père et de sa famille!

Sa pupille est majeure! lui dira-t-on;
mais elle ne l'est devenue qu'en pension.
Elle était mineure quand elle fut confiée
à la supérieure des dames de la Visitation; elle était mineure quand les séduc-
tions ont commencé, quand on a jeté
dans son âme ces premières impressions
qu'elle n'a recueillies que trop fidèlement;
c'était une jeune fille sans expérience, sé-

duite, abusée, en l'absence de celui qui lui tenait lieu de père, par celle même à qui il l'avait confiée! Se trouve-t-il un pays sur la terre où cette action infâme ne soit pas un crime digne de toute la haine des hommes et punissable de toute la rigueur des lois? Cependant Blinval avait l'intime conviction que les tribunaux de France ne voudraient pas en connaître.

On avait joint le sacrilége à la perfidie. Les choses saintes avaient été profanées; cette religion, dont on emprunte le masque, avait été outragée par ceux qui l'invoquent sans cesse. En quinze jours, sa fille adoptive avait été catholique; en quatre, un enfant de seize ans avait reçu coup sur coup des sacremens dont les plus grands saints de l'église catholique ne s'approchaient qu'avec terreur.

Ah! sans doute, ce n'est pas la religion

qu'on veut servir par des conversions semblables, qu'on renouvelle le plus possible! On veut satisfaire un désir d'ambition, de passion, de prosélytisme, et tous les moyens paraissent légitimes pour parvenir à ce but; on couvre le crime même sous le manteau du faux zèle, arraché tant de fois aux artisans de ces intrigues sacriléges, et dont ils cherchent à se parer encore.

Et comment la religion pourrait-elle se réjouir de ces prétendues conversions, obtenues à l'aide de récits imposteurs et de miracles grossiers qu'on ne peut opérer qu'en abrutissant les esprits sur lesquels on veut agir, qu'en pervertissant les cœurs, qu'en substituant aux sentimens naturels l'exaltation et le délire? œuvres de ténèbres, d'erreurs et de surprises, qui retomberont sur ceux qui s'en sont faits les auteurs !

Ah! le vrai converti ne signale pas sa religion nouvelle en méconnaissant les vertus sociales, les devoirs de famille! il n'abjure pas, avec son ancien culte, ce qu'il doit d'égards aux siens et à la société en général! il n'achète pas les honteux applaudissemens de quelques fanatiques, en méritant le mépris des gens sensés et véritablement religieux! Telle, du moins, et fort heureusement pour elle, n'avait pas été retrouvée, par son tuteur, la bonne et sensible Julie; mais tels sont pourtant, en général, les nouveaux convertis. Il n'y avait de changé en elle que le dogme religieux : ses principes de morale et de vertu étaient tels qu'on pouvait l'espérer d'une fille bien née et parfaitement bien pénétrée de tous ses devoirs.

Le respect pour l'autorité paternelle se confond avec le respect pour la Divinité; la piété filiale est un culte, et le plus

agréable de tous devant un Dieu bienfai-
sant, qui lui-même l'a gravé dans nos
cœurs; aux yeux de la religion comme
aux yeux du monde, la malédiction paternelle est le plus terrible des fléaux :
ce langage est celui de tous les temps, de
tous les lieux, de toutes les croyances.

Ici nous n'invoquons pas seulement
l'intérêt des familles, mais celui de la religion. Ce n'est pas l'incrédulité, mais l'in-
tolérance qui lui a porté les coups les
plus cruels. Mais nous osons dire que de
toutes les persécutions connues, il n'en
est pas de plus cruelles que celle que nous
signalons, de plus capable de détruire son
empire parmi les hommes, qui cessent
d'être justes quand ils sont au désespoir,
et qui ne savent plus distinguer la chose
même de l'affreux abus qui s'en fait.

Oui, et tous les pères entendront ce
langage, les cachots de l'Inquisition ne jet-

teraient pas une âme dans des angoisses
aussi terribles que l'idée d'une fille enlevée au culte de ses ancêtres, arrachée à
l'amour d'un père, et, pour comble d'horreur, détestant son père, qui pleure ses
égaremens et ne demande qu'à lui pardonner : car telle eût été la position de
Julie à l'égard de l'auteur de ses jours, s'il
eût été encore de ce monde.

Si l'on pouvait tolérer en France une
violation aussi indigne de tout ce que les
hommes ont de plus cher et de plus sacré,
les étrangers la fuiraient tous ; ils rappel-
leraient à eux leurs enfans. Vainement
elle étalerait à leurs yeux les merveilles
des arts et tous ses titres à l'admiration
des nations : l'homme qui connaît sa
dignité ne s'arrêterait jamais sur une
terre où les droits de l'autorité paternelle
seraient foulés aux pieds, où le fanatisme
pénétrerait dans le sein des familles pour

en troubler la paix, où la conscience aurait cessé d'être un sanctuaire impénétrable !

Nous ne dirons plus qu'un mot. Supposons que le fils ou la fille d'un catholique lui fussent enlevés par les procédés que nous signalons et dont Blinval avait lieu de se plaindre, et qu'on leur fît abjurer leur religion pour embrasser le protestantisme !.... Trouverait-on assez d'imprécations, assez d'anathêmes contre une action aussi horrible ? Eh bien! ou la liberté des cultes et l'égalité de droits ne sont que des mots vides de sens, ou la même horreur doit s'attacher à l'attentat dont nous parlons.

Le clergé a toujours eu une trop grande part de pouvoir dans les affaires publiques, et exercé, par conséquent, une trop grande influence sur les destinées des peuples du continent, pour que Blinval pût

espérer de faire réprimer cet attentat sur
son autorité. Il exprima, en termes non
équivoques, sa vive indignation à la supérieure des dames de la Visitation, et usa
de toute la latitude que lui donnait la
presse pour donner de la publicité à cette
action, qu'avec juste raison on pouvait
qualifier d'infâme ; mais il crut devoir, par
prudence, s'abstenir d'en appeler aux tribunaux non plus qu'à la cour : tant il
était persuadé que toute démarche, à cet
égard, serait comme non avenue.

Quant à Julie, elle montrait un si grand
repentir de sa faiblesse qu'il ne fut pas
possible à son tuteur de lui en faire de
sérieux reproches. Elle sentait non-seulement l'inconvenance, mais encore le ridicule d'une semblable action : une répri-
mande eût été surabondante, par conséquent inutile, et n'eût pas produit un plus
heureux résultat que celui qui provenait

de ses propres réflexions. Cependant, et par suite de l'entretien qu'elle venait d'avoir, il lui sembla, toute grande qu'était sa faute, qu'elle se l'était rendue plus supportable à elle-même.

Familiarisée d'un autre côté, et depuis son enfance, avec l'idée de considérer Victor comme devant être un jour son mari, il en était résulté pour elle le besoin naturel de connaître plus particulièrement celui qu'on lui destinait. De là l'impérieuse nécessité de savoir si son caractère et ses principes coïncideraient avec les siens, comme aussi s'ils pourraient contribuer à sa félicité. Cet examen sérieux des qualités ou des défauts que pouvait avoir son cousin n'avait pas été satisfaisant pour celui qui était l'objet de ce contrôle; car Julie avait été à même de pressentir qu'il était peu propre à assurer son bonheur.

En effet, outre cette gaucherie qu'avait été dans le cas de remarquer Blinval chez son fils, il était une infinité d'autres choses qui n'avaient pas échappé à la rare sagacité de Julie, et l'on sait, par expérience, que les femmes sont douées d'une perspicacité peu commune. Un père ne fut jamais le meilleur juge au témoignage duquel un enfant pût en appeler : son titre, et par suite les faiblesses qui en sont inhérentes, le rendent peu favorable à l'impartialité. Il n'était pas étonnant, dans cette circonstance, que Blinval fût disposé à admettre comme un léger défaut, facile à corriger, ce qui peut-être et dans le fond servait à couvrir un vice.

Moins indulgente dans ce qu'elle envisageait comme devant exercer sur son existence à venir une influence immédiate, et n'ayant pas à se prononcer avec désintéressement dans une affaire qui la touchait de si près, Julie vit dans son cousin tout ce qu'un autre qu'un père aurait également pu y apercevoir. Ce n'était pas de la gaucherie provenant d'un sentiment de timidité, toujours honorable quand il est déterminé par une opinion défavorable de soi-même, qu'on pouvait reprocher à Victor; mais bien de la dissimulation pour cacher des défauts qu'il lui importait de ne pas laisser entrevoir. Sa cousine crut en avoir découvert quelques-uns : pour ne pas être partiale, elle devint observatrice de la conduite de Victor.

La fâcheuse impression qu'elle avait ressentie à la vue de son cousin, et de laquelle il lui importait de se rendre compte pour ne pas avoir à paraître fantasque, peut-être même ridicule, dans le jugement qu'elle était appelée à en émettre un jour, ne se motivait que trop par l'étrange conduite de ce jeune homme. Sou-

vent et beaucoup plus de fois qu'il n'eût été
excusable de le faire, Victor passait des
nuits entières hors de la maison; et lorsque
Julie avait été dans le cas de s'apercevoir
de ces absences fréquentes qu'aucun motif
plausible ne lui paraissait devoir tolérer,
elle avait remarqué que la physionomie
de son cousin était toute décomposée, sa
figure pâle et ses traits portant l'empreinte
de veillées pénibles et fatigantes. Si cette
dernière circonstance n'avait pas été ac-
compagnée de la première, on aurait pu
en trouver l'excuse dans les studieux efforts qu'il était censé faire pour s'instruire;
mais il n'en était malheureusement pas
ainsi.

Comme il est facile de se l'imaginer, de
la première découverte que fit Julie, au
sujet de l'irrégularité de la conduite de
son cousin, résulta le besoin et le désir
pour elle d'en apprendre davantage. Il

était aisé de constater ses découchers ; mais
il n'était pas facile de savoir où et comment il passait ses nuits. L'esprit d'une
femme est ingénieux, fertile en expédiens :
le sien, dans cette circonstance, ne devait
pas être mis en défaut.

Ne pouvant agir par elle-même, à cause
de son sexe et de sa position, pour obtenir
les éclaircissemens qui lui étaient devenus
nécessaires, elle pensa, non sans raison,
qu'il était essentiel qu'elle eût un confident.
Long-temps, elle chercha dans son imagination qui pourrait mériter son entière
confiance et justifier une pareille prédilection : personne ne lui sembla devoir mieux
s'acquitter de cette importante mission
que le vertueux et vénérable M. Gelibert.

« Que pensez-vous de mon cousin ? lui
dit-elle un jour qu'après le déjeûner ils
se promenaient seuls dans le jardin qui
était contigu à la maison.

— Votre question est excessivement brève, mademoiselle, et, par cela même, ne laisse pas que d'en embrasser une infinité d'autres. Si votre interpellation se rapporte à son physique, je répondrai que M. Victor est un assez beau cavalier ; si elle concerne ses manières comme homme du monde, je vous dirai qu'elles laissent encore quelque chose à désirer, mais qu'avec le temps et de la persévérance il pourra parvenir à les rendre moins acerbes.

— Vous savez, monsieur Gelibert, que tout en tenant compte de ces dehors agréables qui, au premier coup d'œil, flattent celui qui est l'objet d'un contrôle et le recommandent tout d'abord, je m'attache peu à ce que je ne considère que comme de bien faibles avantages dont la nature, plus ou moins prodigue, s'est plue à parer certains individus. Mais aussi, et d'un

autre côté, les qualités du cœur, auxquelles
je m'attache davantage, me paraissent essentiellement nécessaires, et caractériser
beaucoup mieux que toutes choses au
monde l'homme qu'en général on doit
estimer.

— Je connais la sagesse de vos pensées,
et leur rends une parfaite justice.

— Je vais donc, puisque vous le voulez,
préciser davantage ma question en la posant mieux. Que pensez-vous du caractère
et des mœurs de Victor ?

— Cette corde est fort délicate à toucher. Pourtant, et pour répondre avec
toute la franchise possible à ce que vous
désirez savoir à ce sujet, je crois devoir
avouer que votre cousin me semble être
léger de caractère. Quant à sa moralité, sa
jeunesse et son inexpérience la rendent
excusable.

— Ou vous montrez, en cette circon-

stance, de la tolérance que je ne saurais
approuver, ou bien vous ne connaissez
qu'imparfaitement sa conduite.

— Que voulez-vous dire ?

— La vérité.

— Mais enfin ?

— Que Victor, découchant souvent de la
maison, passe sans doute les nuits à mal
faire ; que, ne le sachant pas, vous ne pouvez le blâmer ; que, le sachant, vous avez
tort de ne pas me dire ce que vous en
pensez.

— Les devoirs qui me sont imposés
dans votre maison sont immenses, et
quand j'ignorerais, à mon âge, l'usage que
fait de ses nuits votre cousin, il n'y aurait,
en cela, rien de bien étonnant. Consacrant
au travail, comme je le fais, les journées entières, on ne saurait me blâmer, je pense,
d'essayer à goûter quelque repos lorsque le moment est venu de le faire sans

manquer aucunement à mes obligations.

— Non, sans doute. Mais...

— Je devine ce que vous allez me dire. Pardonnez-moi donc si je vous interromps. Vous pensez, non sans quelque raison, qu'ayant long-temps remplacé ici M. Blinval, et ayant, d'après ses ordres, fait choix d'un précepteur pour M. Victor, j'ai dû m'assurer par moi-même que le maître et l'élève remplissaient bien leurs momens. Je vous avouerai, avec toute la franchise que vous me connaissez, qu'il m'eût été impossible de m'occuper de ce soin ; car, quand bien même je l'aurais voulu, cela ne m'eût pas été possible, en raison de la multiplicité des affaires dont je suis chargé.

— Ce n'est pas un reproche, mon respectable ami, que j'ai eu l'intention de vous adresser. Mon estime, ma reconnaissance et mon respect vous sont acquis depuis long-temps, et à Dieu ne plaise que jamais semblable pensée s'offre à moi! Le motif qui me porte à vous adresser ces quelques questions, à vous plutôt qu'à tout autre, trouve son excuse naturelle dans la position réciproque où nous sommes l'un et l'autre placés, et, s'il m'est permis de le dire, dans celle où plus particulièrement m'ont engagée, ainsi que mon cousin, les accords et les intérêts de nos deux familles, qui, sans consulter leurs enfans, sans s'enquérir si un jour nos inclinations et nos goûts nous porteraient à les ratifier, nous ont destinés l'un à l'autre.

— J'apprécie, comme je dois le faire, les raisons qui vous font agir ainsi ; mais vous devez croire aussi, de votre côté, que je ne puis rien changer à cet état de choses.

— Mon intention n'est pas non plus de vous engager à cela, comme aussi de refuser mon assentiment à cette union. Ce que

je désire, ce que personne et vous moins
que tout autre, puisque vous êtes notre
ami, ne peut vouloir me refuser, c'est de
m'éclairer de vos conseils, de votre vieille
expérience, et c'est dans ce dessein que je
prends la liberté de vous communiquer
mes craintes. Pourrez-vous blâmer mes
appréhensions? vous sembleraient-elles
déplacées?

— Oui et non, tout à la fois ; car il ne
faut pas, pour quelques légers soupçons
qui ne vous auront peut-être été inspirés
que par des étourderies de jeune homme,
retirer votre amitié, et, par suite, votre
estime, à celui qui doit être un jour votre
époux.

— Je le vois bien, il faut vous faire une
confidence entière, et ne pas vous laisser
ignorer ce qui se passe en moi. Quoique
née et élevée dans la pensée que je serais
unie à mon cousin, je ne me suis jamais

senti pour lui ce qu'il est essentiel d'é-
prouver pour un mari : bien plus, c'est
qu'il ne m'a jamais inspiré que l'indifférence la plus parfaite. S'il fallait, aujour-
d'hui, motiver mon éloignement pour lui,
je sens que la chose me serait difficile;
mais, pourtant, et pour ne pas montrer
une bizarrerie de caractère qui, parfois,
pourrait paraître trop ridicule, je ne serais
pas fâchée de pouvoir donner quelques
raisons plausibles. Ce n'est pas, toutefois,
que je sois disposée à reconnaître le droit,
à qui que ce soit, de s'immiscer dans mon
avenir; mais je ne voudrais pas, sans motifs, désobéir aux volontés peut-être un
peu prématurées des auteurs de mes jours,
non plus que désobliger mon respectable
tuteur.

— J'apprécie et goûte, autant que possible, la justesse et même la force de vos
raisonnemens. Je m'identifie entièrement

avec votre façon de penser, qui est celle
que doit avoir tout enfant bien né; pourtant, je n'ai aucune raison de vous détourner d'un hymen qui, ayant obtenu d'a-
vance l'assentiment de vos parens, doit,
par cela même, aujourd'hui, mettre le
comble à leurs désirs fortement exprimés,
et assurer votre bonheur.

— Je vous répète qu'il m'est impossible
de croire à cette dernière circonstance, et,
par conséquent, de me résoudre à accepter
Victor pour époux, tant que je n'aurai
pas acquis la certitude qu'il mérite entièrement mon estime et justifie la prédilection de mes parens. Veuillez donc me prêter votre appui et m'aider à connaître,
s'il se peut et dans toute l'acception du
mot, si la conduite que tient mon cousin
est ou non répréhensible.

— Ce que vous exigez de moi est facile,
et n'a rien en soi-même qui ne soit hono-

rable à faire. Obtenir la conviction, ce dont je ne saurais douter, que M. Victor est honnête, plein d'honneur et de probité, et qu'il est digne de devenir votre mari, ne me présentera pas de bien grandes difficultés. J'accepte la mission que vous me proposez, et suis certain d'avance qu'elle aura un heureux résultat.

— Si mes pressentimens ne m'abusent pas, il pourrait en être tout autrement. »

Ainsi se termina cet entretien qui, mieux que tout au monde, devait servir à parfaitement caractériser les deux personnages qui l'avaient eu. Il peut se faire, toutefois, qu'on ne se serait pas attendu à cette espèce d'énergie de la part de Julie, puisque, dans la circonstance où elle avait consenti à abjurer la religion de ses ancêtres, elle avait montré une pusillanimité peu commune; mais aussi, et par cela même, il lui était devenu nécessaire de prouver que les réflexions auxquelles avaient donné lieu les observations de son oncle, à ce sujet, n'avaient pas été entièrement perdues.

Effectivement, Blinval lui avait dit qu'il existait des devoirs, des règles de conduite dont on ne devait jamais et sous aucun prétexte s'écarter; que, parmi eux, se trouvait être en première ligne cette force de volonté qui, en rapport avec notre conscience, constitue toujours une belle âme. Aucun motif ne devait donc l'engager à faiblir une seconde fois.

Trop instruite pour ne savoir pas apprécier à sa juste valeur les préceptes qu'enseignent les divers dogmes religieux, Julie pouvait et devait même se reprocher l'abandon qu'elle avait fait d'une religion pour une autre; mais le mal n'était pas sans remède, puisqu'il lui était facultatif, en n'en pratiquant aucune, de les recon-

naître toutes et de les suivre en ce qu'elles
pouvaient avoir de bon. Si elle manquait
de fermeté dans la nouvelle circonstance
qui s'offrait à elle, et où il s'agissait de son
existence à venir, c'en était fait de son
bonheur, de son repos même. Julie voulait, et cela non sans raison, que tous les
sacrifices ne fussent pas de son côté. On
ne pouvait lui faire un reproche de vouloir en agir de la sorte.

Quant à M. Gelibert, le vieil ami de la
maison, n'ayant rien à objecter au langage
ferme et vrai de la pupille de Blinval, il
se détermina à faire ce qu'elle venait d'exiger de lui. Pourquoi, d'ailleurs, s'y serait-
il refusé, lorsqu'il venait de lui être clairement démontré qu'en se conformant aux
vœux manifestés par Julie, c'était donner
à son patron, ainsi qu'aux membres des
deux familles qui ne pouvaient vouloir
son malheur, une nouvelle preuve de cet

attachement qui, depuis plus d'un demi-
siècle, lui avait valu l'estime et la considération de tous?

Avant, toutefois, de seconder franchement et loyalement les volontés de la fille
de M. Charles Brown, le vieux gérant crut
devoir reporter ses regards en arrière et
se livrer à un sérieux examen de la part
qu'il avait prise à l'éducation de Victor. Il
lui importait beaucoup de savoir si, dans
cette circonstance, il avait pleinement répondu à l'attente de son patron. Peut-être
aussi qu'en examinant attentivement et de
très-près ce qui avait précédé le moment
actuel, il y trouverait de quoi justifier les
quelques appréhensions qu'il commençait,
et non sans raison, à ressentir.

En partant pour les colonies, Blinval
l'avait chargé de surveiller l'éducation de
son fils, et de lui donner tous les maîtres
que comportait le genre d'instruction qu'il

était bien aise de lui voir acquérir. Pour
répondre dignement à cette nouvelle marque de confiance, la plus importante, sans
contredit, que pût donner un père, M. Gelibert chercha vainement à Bordeau xun
hõmme qui pût le suppléer. Il ne pouvait
par lui-même, et à cause de la multiplicité
comme aussi de l'importance de ses occupations, se charger d'un pareil soin ; dès-
lors il lui importait de se faire remplacer,
sauf ensuite, et de temps à autre, à exercer
sur ce délégué un contrôle sévère.

Les goûts de M. Gelibert ne l'avaient
jamais porté à voir la société. Dès sa plus
tendre enfance, il avait toujours ressenti
et manifesté une répugnance bien prononcée pour tout ce qui se rattachait aux idées
mondaines, non pas qu'il se sentît des dispositions à embrasser l'état ecclésiastique,
tant s'en faut, car il avait les prêtres et
leur faux semblant en aversion ; mais parce

qu'il faisait partie de ce petit nombre
d'hommes raisonnables qui ne sont pas
dupes des simagrées de leurs semblables.
Il appréciait comme il le fallait, c'est-à-
dire sans exagération, les hommes et les
choses.

Si, contrairement à cette répugnance
qu'il ressentait pour tout ce qui concernait
les réunions de ceux qu'on désigne sous
la qualification de gens du monde, il se
voyait contraint d'y assister quelquefois,
ce n'était jamais que pour satisfaire à
des devoirs bien impérieux, et encore
n'apercevait-on en lui qu'un censeur sévère.

Appelé à Paris pour des affaires d'intérêt qui se rattachaient à la maison com-
merciale qu'il dirigeait, il s'était d'autant
plus volontiers déterminé à s'y rendre, qu'il
avait eu l'espoir de rencontrer plus facilement dans cette capitale des arts et des

sciences ce que vainement il eût cherché partout ailleurs.

Le séjour qu'il fut forcé d'y faire, en l'éloignant de sa ville natale et de ses habitudes, le contraignit également et bien malgré lui à modifier en tout point son goût pour la retraite. Les nombreux correspondans de la maison Blinval qui, habitant Paris, faisaient avec elle des affaires de la plus haute importance, crurent ne pouvoir mieux faire, en cette circonstance, que de fêter celui qui la représentait si dignement.

On était précisément rendu à cette saison de l'année où les longues soirées d'hiver et le temps du Carnaval permettent aux amateurs des plaisirs de savourer avec délices tous ceux qu'à cette époque savent si bien se procurer ceux qui les aiment et auxquels néanmoins la fortune ne refusa aucune de ses faveurs.

Malgré que M. Gelibert fût extrêmement contrarié de se trouver au milieu de pareilles réunions, qui ne lui
avaient jamais offert que des dégoûts et
de la pitié pour ses semblables, il était
trop bien élevé pour vouloir soustraire à
l'expression de l'estime générale l'honorable chef de la maison que l'on fêtait
bien plus que lui dans cette circonstance.
Ce fut dans l'une d'elles, et au milieu des
plaisirs bruyans, qu'il crut avoir rencon-
tré celui qui, digne de sa confiance, pouvait obtenir l'assentiment de tous, et, par
cela même, mettre le complément à l'é-
ducation du fils de Blinval.

On sait qu'une affluence prodigieuse de
gens de toute espèce et pourtant de bonne
compagnie qu'on rencontre dans les cer-
cles brillans de la haute société empêche,
par cela même, qu'un homme de mérite
puisse s'y faire remarquer. Cependant et

nonobstant cette circonstance, M. Gelibert était parvenu à distinguer au milieu
d'eux un individu auquel tout le monde
indistinctement se plaisait à en reconnaître
de transcendans. Doué d'une riche stature,
ayant des manières aisées, mis avec un
soin qui, sans tenir de l'affectation, offrait
néanmoins la preuve qu'il s'en occupait
quelque peu, s'exprimant avec grâce et
facilité sur toutes les questions qu'on sou-
levait en sa présence, cet individu se nommait Robert.

Plusieurs conversations qu'ils avaient
eues ensemble et dans lesquelles ce dernier
avait fait preuve, non-seulement de discernement et de beaucoup d'esprit, mais
encore d'un grand fonds de sagesse,
étaient venues confirmer la bonne opinion
qu'en avait conçue M. Gelibert. Malgré
que ces divers entretiens eussent continuellement eu lieu au milieu des plaisirs

que l'un et l'autre ne semblaient que fai-
blement partager, ils ne leur avaient pas
moins pour cela fait sentir le besoin de
mieux se connaître pour se lier ensuite
d'une manière plus intime. Des aveux réciproques qu'ils crurent devoir se faire l'un
à l'autre résulta la preuve incontestable,
pour le gérant de la maison Blinval, que la
réputation d'homme de bien et de savant
dont jouissait dans le monde M. Robert
n'était point déméritée, mais qu'elle était
bien le fait de ses œuvres. Ce fut là, du
moins, ce qu'il en pensa.

Après la mort des auteurs de ses jours,
qu'il avait perdus jeune encore, M. Robert
avait eu à soutenir un procès avec quelques créanciers de sa famille, et, d'un
immense héritage, il ne lui était resté
qu'une conscience exempte de tout blâme.

Placé dans une position toute nouvelle
et peu prévue, il avait senti la nécessité

de suppléer à ce défaut de fortune par une instruction qui le mît à même de pourvoir, par un travail quelconque, à ses moyens d'existence. Ce ne fut qu'en faisant des sacrifices énormes et qui vinrent achever de le dépouiller du peu qui lui restait, qu'il put atteindre ce complément qui lui manquait et qui lui était si nécessaire pour pouvoir suivre avec quelque avantage la carrière de l'enseignement à laquelle il se destinait.

Il lui avait semblé honorable d'acquérir beaucoup d'instruction pour pouvoir ensuite et à son tour la propager parmi cette classe d'hommes si estimables à laquelle, malheureusement, les gouvernemens ne portent d'autre intérêt que celui de la pressurer le plus possible en exigeant d'elle des impôts énormes. Il est aisé de concevoir que c'est du peuple qu'il s'agit.

II.   9

Toutefois, et avant de donner à ses idées philanthropiques tout l'essor dont elles étaient susceptibles, il avait songé à se mettre à couvert du besoin. Donner au peuple l'instruction qui lui est si nécessaire pour le mettre à même d'intervenir dans la connaissance des affaires du pays auxquelles sans contredit il est le plus intéressé, est fort honorable sans doute, et c'est mériter la reconnaissance des hommes de bien que d'en agir ainsi; mais l'espèce humaine a ses faiblesses, elle se nourrit peu d'encens; par conséquent M. Robert pensa d'abord au solide avant de songer à la gloire, qui, comme on le sait, n'est malheureusement qu'éphémère.

En attendant le moment favorable de donner à ses idées tout l'essor convenable, il fit l'éducation de quelques jeunes gens de famille, ce qui lui valut des récompenses pécuniaires et le mit ensuite en

rapport avec ces quelques hommes pri-
vilégiés qui, occupant une haute position
sociale, sont par leur ignorance la honte
de leurs semblables, les seuls adulateurs
des princes, contribuent à faire de mauvais rois, et dont les savans sont, en quelque sorte, une portion essentielle de leur
livrée.

Tels avaient été, jusqu'à ce moment, les
antécédens et les principes de conduite
de M. Robert. Ce fut du moins l'assurance qu'il en donna à son nouvel ami,
et ce qui avait puissamment contribué,
lui dit-il, à le faire estimer de tous ceux
qui le connaissaient.

Comme il venait de terminer, en ce
moment, l'éducation de deux fils de famille, et que, depuis quelques jours, il
était entièrement libre, il accepta avec
empressement l'offre que lui fit M. Gelibert de le suivre à Bordeaux pour y don-

ner ses soins à Victor. Toutefois, il est bon de faire remarquer, et le gérant sembla se le rappeler en ce moment, que ce qui avait le plus contribué à le déterminer dans cette nouvelle entreprise, c'était l'engagement formel qu'il avait cru devoir prendre au nom du riche banquier, certain qu'il était d'en être approuvé, que sa reconnaissance et sa générosité seraient proportionnées au service qu'on réclamait de lui.

Cette circonstance, en se représentant à la pensée du gérant, ne détruisit en aucune sorte la bonne opinion qu'il avait conçue de la délicatesse de M. Robert, parce qu'il pensait que toute peine mérite salaire; mais elle le détermina pourtant à contrôler un peu les actes du précepteur.

Le genre de soins qu'il avait fallu donner à Victor ne consistait pas seulement

à lui faire acquérir quelques sciences : son
éducation, à cette époque, semblait être
assez avancée pour ne comporter autre
chose de la part d'un instituteur que de
lui servir d'ami et de guide dans un
monde qu'il était essentiel de lui faire
promptement connaître, à l'effet de le prémunir, s'il était possible, contre toute espèce de dangers. Il restait à savoir si, en
le conduisant dans les sociétés, M. Robert avait entièrement justifié la confiance illimitée qu'il avait eue dans sa personne.

M. Gelibert ne croyait pas être en droit,
le moins du monde, d'adresser des reproches au Mentor qu'il avait donné au fils
de Blinval. Si ce dernier semblait ne pas
avoir atteint ce degré de perfectionnement
qui au premier abord fait bien augurer
du mérite d'un homme, ce dont il ne s'é-
tait pas encore aperçu, il lui était impos-

sible de se montrer assez peu raisonnable
et tellement exigeant que d'en déverser le
blâme sur celui qui avait pu faire des efforts continuels, mais peut-être vains, pour
réussir.

Néanmoins l'accusation que venait de
porter contre son cousin la bonne et sensible Julie ne laissa pas que de lui causer
quelque déplaisir. Il eût préféré apprendre cette fâcheuse nouvelle par tout autre
que par celle qui était destinée à être l'é-
pouse de Victor. Quels que fussent du reste
les motifs qui avaient donné lieu à de pareilles incartades de la part de ce jeune
homme, ils lui semblaient peu d'accord
avec les idées de morale qu'il supposait
à l'élève et à l'instituteur. Comment celui-
ci surtout avait-il pu ignorer une semblable inconduite et la tolérer? Une foule
d'idées vinrent, à ce sujet, s'offrir à sa
pensée.

La seule résolution qui lui parût prati-
cable dans cette circonstance, ce fut de
mettre Ambroise dans la confidence et
de le charger d'une surveillance que son
grand âge et ses occupations multipliées
ne lui permettaient pas d'exercer par lui-
même. Ce garçon de caisse, qui était honnête et entièrement dévoué aux intérêts
de la maison, et par conséquent à ses volontés, lui parut devoir mériter cette nouvelle marque de confiance.

Consulté pour savoir s'il consentirait à
se charger de cette mission importante, la
physionomie d'Ambroise parut en ressentir une forte émotion. Toutefois, et comme
elle ne pouvait provenir que d'une cause
honorable, celle, par exemple, d'un excès
d'attachement aux membres d'une famille
de laquelle il tenait ses moyens d'existence,
ce dont était convaincu M. Gelibert, il ne
put que l'en féliciter et l'assurer de la re-

connaissance du patron, lorsqu'il lui eut
déclaré vouloir bien se charger d'épier la
conduite et toutes les démarches de l'instituteur et de l'élève.

CHAPITRE IV.

—

LA CHARTREUSE.

—

Pendant qu'on s'occupait de rechercher avec soin les moyens de lui contes-
ter peut-être un jour celle qu'il se croyait
le droit de revendiquer comme lui appar-
tenant, par suite de promesses et d'enga-

gemens sacrés, Victor faisait peu de chose pour justifier une semblable prédilection de la part de ses parens : pour mieux dire, il faisait tout au monde pour s'en rendre indigne.

L'accusation de ses fréquentes absences de la maison paternelle durant la nuit, que Julie s'était vue forcée, bien malgré elle, de porter contre lui à M. Gelibert n'était que trop fondée. Ce malheureux jeune homme, dont le cœur était excellent, mais faible, ne s'était que trop facilement laissé aller à la fougue de son âge, et la funeste passion du jeu, en s'emparant de lui, avait presque éteint dans son âme tout autre sentiment. On pouvait dire, sans craindre d'être démenti, que cette passion était poussée chez lui à un tel degré de frénésie qu'elle le maîtrisait entièrement et le rendait impropre à tout autre chose. Tel est cependant pour la jeunesse le résultat de mauvais exemples.

Comment cette funeste passion s'était-elle développée chez lui et quel était celui qui lui en avait laissé prendre le goût? Il est aisé de le deviner. Allant dans le grand monde, où généralement on joue beaucoup et gros jeu, accompagné de M. Robert qui était spécialement chargé de le former et de lui insinuer les manières de la bonne compagnie, Victor avait d'abord et avec l'assentiment de celui-ci essayé quelques tours de cartes, et puis ensuite s'était familiarisé avec l'idée d'imiter, en cela comme en tout autre chose, les personnes avec lesquelles il se trouvait fréquemment en rapport.

Ainsi que cela arrive toujours en commençant, ce jeune homme avait de premier abord fait de légères pertes, puis ensuite de plus considérables; et comme son

Mentor en avait été le témoin, et qu'il leur importait à l'un et à l'autre de taire cette circonstance, il en était résulté la continuation d'une conduite quelque peu répréhensible dans le principe, et puis ensuite méritant le blâme.

Nonobstant l'immense fortune de laquelle Victor devait un jour hériter, son père, qui connaissait le prix des richesses et combien leur emploi doit être dirigé dans des vues honorables, avait déterminé la somme annuelle que son fils pouvait dépenser pour ses menus plaisirs. Par suite de cette disposition et du goût pour l'économie qu'avait voulu lui insinuer l'auteur de ses jours, il en était résulté que, quoique suffisante, si elle eût été sagement employée, cette pension s'était trouvée, et surtout depuis peu, entièrement absorbée avant même d'avoir été perçue. Cela provenait d'engagemens pris par

avance et pour couvrir les pertes faites
au jeu.

Quand cette pension fut trouvée trop
faible et qu'on en fut venu à contracter
des dettes, il fallut recourir à des expédiens pour se procurer les moyens de les
acquitter. De là à l'oubli de tous ses devoirs, il n'est qu'un pas : malheur à celui
qui a la témérité de le franchir !

Ambroise connaissait tout ce qu'il y
avait de répréhensible dans la conduite de
l'élève et de l'instituteur; mais, déterminé
par des considérations personnelles, il
avait cru devoir s'abstenir de les communiquer à qui que ce fût. Les motifs qui
l'avaient porté à en agir de la sorte ne pouvaient être blâmés, parce qu'ils étaient
basés sur les sentimens de respect et de
dévoûment qu'il devait à ceux dont il tenait ses moyens d'existence.

Placé sous les ordres immédiats et sala-

rié par la maison Blinval, il ne lui appartenait en aucune manière de chercher à
contrôler les actions de ses supérieurs ; car,
agissant avec moins de circonspection, il
eût couru le risque de perdre non-seulement sa place, mais encore l'estime des
gens de bien dont il sentait qu'il avait le
plus grand besoin.

Jeune encore et en qualité d'homme de
peine, Ambroise était entré au service de
la maison Dormeuil, et c'était à ce riche
banquier, devenu pour lui un zélé protecteur, qu'il avait été redevable de quelques
changemens avantageux dans sa position
qui, avant cette époque, était des plus pré-
caires. Lors de son mariage avec Catherine,
qui s'était fait en même temps que celui
des filles de son patron, Dormeuil lui avait
facilité les moyens d'acquérir la petite
maison qui lui servait d'habitation, et
puis, ayant jugé favorablement de sa pro-

bité, il en avait fait son garçon de caisse.
C'était en cette qualité qu'il avait continué
à rester auprès de Blinval, qui l'estimait et
faisait le plus grand cas de la droiture de
ses sentimens.

Il y aurait eu plus que de l'ingratitude
de la part d'Ambroise d'indiquer à Blinval
l'inconduite de son fils, et de détruire, par
cela même, une illusion qui vraisemblablement faisait sa félicité. Il est vrai de
dire aussi que Victor lui paraissait être
beaucoup moins coupable que M. Robert ;
car celui-ci, ayant plus d'expérience et
étant spécialement chargé de prémunir
son jeune élève contre des dangers qu'il
ignorait entièrement, aurait dû s'opposer
à ce que de pareilles fautes se réalisassent.
Au lieu d'avoir en cela pleinement justifié
la confiance du père et répondu aux espérances qu'il avait été permis d'avoir en
lui, cet instituteur avait semblé, et à des-

sein, s'être complu à égarer son jeune
élève. Telle devait être du moins l'opinion
que pouvait s'en faire Ambroise, qui les
avait pour ainsi dire suivis pas à pas dans
toutes leurs démarches.

Lorsque M. Gelibert lui donna l'ordre de
surveiller Victor et de le tenir exactement
informé de tout ce qu'il pourrait y avoir
de répréhensible dans sa conduite, les
traits de son visage, vivement altérés,
exprimèrent qu'il se passait en lui une
forte émotion. Il est facile d'en interpréter
les motifs, par la crainte toute naturelle
qu'il ressentait de faire quelque chose qui
pût déplaire à ses protecteurs. Cependant
il ne pouvait tout-à-fait refuser une mission qui, quoique pénible à remplir, était
une nouvelle preuve de la confiance qu'il
inspirait. Si, jusqu'à ce moment, les actes
de sa conduite s'étaient passés au grand
jour, parce qu'il croyait n'avoir rien à se

reprocher, il résulta de cette nouvelle circonstance qu'il crut devoir feindre d'entrer entièrement dans les vues de son gérant, sauf à user de beaucoup de circonspection pour ne s'aliéner l'estime de personne.

Quelques jours après celui où M. Gelibert avait exigé d'Ambroise un nouveau genre de services, et où celui-ci lui avait promis de se conformer à ses nouvelles injonctions, le hasard sembla vouloir le favoriser au-dessus de toute espérance en le mettant dans le cas de connaître une particularité à laquelle il était loin de s'attendre. Traversant le vaste jardin qui était contigu à la maison Blinval pour aller faire un recouvrement dans le quartier qui se trouvait être dans cette direction, il était parvenu vers le milieu d'un petit bosquet qu'il fallait franchir pour arriver à une petite porte qui donnait sor-

tie de ce côté, lorsqu'il crut entendre quelque bruit devant lui et reconnaître la voix
de Victor. Déterminé par l'une de ces circonstances fortuites et tout-à-fait indépendantes de notre volonté, il s'arrêta malgré
lui, puis ensuite se glissa avec précaution
et sans bruit, pour ne pas être entendu,
dans l'épaisseur du feuillage, et entendit
distinctement les paroles suivantes :

« Je me suis procuré, monsieur Victor,
la nouvelle somme que vous m'avez demandée, et suis heureux, en vous la remettant, d'avoir fait quelque chose qui
vous soit agréable; mais permettez-moi
de vous faire quelques observations.

— Parlez, mon cher Edouard, vous en
avez acquis le droit par suite des nombreux services que vous me rendez fréquemment.

— Ce n'est pas ce motif, je vous prie
de le croire, qui me détermine à vous

faire entendre mes doléances. Quoique
notre âge soit le même, et que, par cela
seul, je devrais peut-être m'imposer le silence le plus absolu sur ce qui vous concerne, je ne crois pas devoir en agir de la
sorte, parce que j'ai de plus que vous une
expérience acquise à mes propres dépens.
Cette circonstance, comme aussi celle de
la confiance dont vous m'honorez et que
j'ose invoquer en ce moment, me paraissent suffisamment motiver ma hardiesse.

— Quels que soient les motifs qui vous
portent à en agir ainsi, soyez persuadé
qu'ils ne peuvent m'être qu'extrêmement
agréables, puisque j'y trouve toujours de
nouvelles preuves de votre rare amitié.

— Eh bien! puisque vous me rendez
la justice de me croire votre sincère ami,
permettez-moi de vous répéter ce que je
ne cesse de vous dire toutes les fois que
vous voulez bien l'entendre : qu'il vous

faut éviter les occasions de faire quelque chose qui soit désagréable à votre père.

— Aussi, vous le voyez, je ne le tiens nullement informé de mes besoins, préférant, en cela, m'adresser à un ami tel que vous qu'à l'auteur de mes jours, dont l'avarice est extrême.

— En qualifiant ainsi son économie, croyez-moi, vous ne lui rendez pas la justice qui lui est due. Doué d'un rare mérite et du caractère le plus honorable, il est vraisemblable qu'en déterminant à l'avance la quotité de votre dépense annuelle, il a eu l'intention de vous habituer, de bonne heure, à connaître le prix des richesses et à bien savoir en diriger l'emploi. Vous me paraissez donc peu raisonnable en déversant quelque blâme sur sa conduite.

— Je ne la désapprouve qu'en ce qu'il ne met pas à mon entière disposition tout ce qu'il est nécessaire qu'un jeune homme comme moi puisse avoir à dépenser. Vous conviendrez qu'étant le fils de l'un des plus riches banquiers de la ville, je dois aussi mener un genre de vie différent de ceux qui n'ont pas ma fortune, et les dépasser même dans mes dépenses, toutes les fois que mes camarades osent se permettre de vouloir m'imiter.

— Ce raisonnement est peu sage et me semble être en désaccord avec le cri de votre conscience. Il m'est impossible de croire que l'exemple de votre père et les conseils de votre gouverneur ne vous conduisent pas à faire de meilleurs ré-flexions. Si une pareille façon de penser vous provient de quelques conseillers, ce dont je ne saurais douter, elle ne peut vous avoir été suggérée que par votre plus mortel ennemi.

— Mon père se conduit comme je le

ferai lorsque j'aurai atteint son âge et son expérience. M. Robert me donne des avis excellens, que je prends pour ce qu'ils valent, parce que je sais qu'il est payé pour cela. Quand on est placé comme moi, mon cher Edouard, dans une position favorable, on ignore ce que c'est qu'un ennemi ; mais en revanche on a beaucoup d'amis.

— Dites plutôt de faux amis qui cherchent à vous égarer en vous faisant commettre des fautes dont ils cherchent à profiter.

— Cela est peu probable, et votre zèle pour moi vous porte, en ce moment, à être injuste à leur égard.

— Puissiez-vous dire vrai et moi me tromper ! mais je crains bien de vous entendre me dire vous-même un jour que mon langage de ce moment, à leur égard, au lieu d'être exagéré, était peut-être beaucoup trop faible et au-dessous de la vérité.

— Quoi qu'il en soit, je vous remercie
de vos sages conseils et du nouveau service
que vous venez de me rendre. Croyez à
ma reconnaissance et à l'exactitude que
je mettrai à m'acquitter envers vous.

— Ma satisfaction est dans le plaisir
que je ressens à vous être utile. Veuillez
croire que je m'empresserai de saisir toutes les occasions où il me sera permis de
vous convaincre de la sincérité de mon
langage.

— Je ne l'ai jamais révoqué en doute.»

Cet entretien se termina là, et quelques
instants après, Edouard, suivant le sentier
qui conduisait à la maison, passa, pour
s'y rendre, auprès d'Ambroise. Après avoir
encore attendu quelques instants pour éviter d'être aperçu, celui-ci allait sortir du
réduit où il s'était blotti, lorsque M. Robert, qui, sans doute, était resté caché
quelque part pendant la conversation que

Victor et Edouard avaient eue ensemble,
passa également avec son élève pour rentrer au logis. Il entendit cet échange de
mots :

« Il vous a remis la somme, c'est là
l'objet essentiel. Quant à ses réflexions,
on les écoute, mais on n'en tient aucun
compte.

— C'est à peu près le cas que je sais en
faire. »

Ambroise ne put en entendre davantage, parce qu'ils s'éloignaient en toute
hâte et comme pressés d'arriver à la maison. Pour ce qui est de lui, certain de
n'avoir pas été aperçu, il sortit de sa cache,
et bientôt après du jardin.

Cette journée semblait devoir être celle
des événemens ; car Lisette, la femme-de-
chambre de Julie, étant allée se promener
quelques instants après dans le jardin,
avait trouvé sur un banc de gazon formé

dans l'enceinte du bosquet, et tout auprès d'un pavillon, un petit médaillon contenant une miniature qui représentait, de manière à ne pas s'y méprendre, les traits de sa maîtresse.

N'ayant jamais aperçu dans les mains de qui que ce fût ce portrait, et présumant, avec quelque raison, qu'il ne pouvait appartenir qu'à M. Blinval ou à sa fille, qui, l'un et l'autre, se rendaient fréquemment dans ce lieu isolé, le premier pour y régler quelquefois ses comptes avec son gérant, et la seconde pour y dessiner ou y faire de la musique, elle se disposait à aller le remettre au père de Julie, lorsque celle-ci arriva auprès d'elle.

« A l'empressement que vous avez mis pour vous rendre ici, je crois comprendre qu'il vous eût été pénible de voir tomber votre portrait en des mains profanes?

— Que signifie ce discours?

— Qu'ayant laissé ici ce médaillon que, fort heureusement pour vous, j'ai trouvé et vous remets, vous n'avez plus à redouter qu'il ne devienne la propriété de quelqu'un auquel vous ne l'auriez pas destiné.

— Ce portrait, qui est bien le mien, mais que je vois pour la première fois, comme aussi ton langage, ont, je te l'assure, de quoi me surprendre.

— Si vous éprouvez quelque étonnement au sujet de ce que je vous dis, que dirais-je à mon tour ? Je viens de trouver à l'instant et sur ce banc ce médaillon qui renferme votre portrait, et vous me déclarez le voir pour la première fois ?

— Oui, Lisette.

— Mais s'il ne vous appartient pas, il est du moins à monsieur votre père ou bien même encore à M. Victor ?

— Il me serait impossible d'en désigner

le véritable propriétaire. Tout ce que je
puis t'assurer, c'est que, ne m'étant jamais fait peindre, j'ai lieu d'être doublement étonnée de l'existence de ce
portrait.

— Dans ce cas, mademoiselle, il m'est
permis de penser que votre cousin, épris
de vos charmes, vous aura peinte lui-même
et de mémoire.

— Je ne partage pas, à cet égard, ta
façon de penser.

— Eh bien! ce sera alors un de vos ad-
mirateurs, pour ne rien dire de plus.

— Peu connue dans le monde, où je ne
fais que d'entrer, il est peu probable qu'on
s'y occupe déjà de ma personne.

— Cette modestie vous honore, et sert
à caractériser parfaitement tous vos mérites.

— Il y a de l'exagération dans ton langage.

— Et dans le vôtre beaucoup trop de modestie.

— Quoi qu'il en soit, je te le dis avec franchise, j'ignore à qui peut appartenir ce médaillon. S'il faut même te dire toute ma pensée, je doute qu'il ait jamais été entre les mains de mon cousin.

— Puisque vous me parlez avec sincérité, vous avez sans doute l'intention d'encourager la mienne.

— Très-certainement.

— Faut-il vous dire tout ce que je pense de ceci ?

— Oui.

— Eh bien.....

— Eh bien ?.....

— Je crois.....

— Que crois-tu donc ?.....

— Vous allez vous fâcher et peut-être me gronder.

— Pourquoi ?

— Parce que je crois avoir deviné.

—En vérité, tu commences à m'impatienter.

— Si vous le préférez, je m'abstiendrai de parler.

— Eh bien! tais-toi.

—Cependant, puisque vous m'avez permis de dire ce que j'en pense.....

— Parle ou tais-toi, peu m'importe.

— Je vous dirai.....

— Je ne veux rien savoir.

— Que je soupçonne fortement M.....

— Qu'est-ce?

—M. Edouard d'être le peintre et le propriétaire du portrait.

— Lisette!.....

—Mademoiselle.

— Je ne vous ai pas donné, je crois, le droit de m'insulter.

— Aussi me renfermé-je dans la ligne

de devoirs que mon estime pour vous m'impose.

— C'est abuser cruellement de mon affection pour vous, que d'en agir de la sorte.

— Je ne le pense pas, mademoiselle ; car ce jeune homme est bien élevé et semble vous estimer beaucoup.

— Sa conduite serait peu d'accord avec ce que tu dis, s'il était vrai qu'il eût donné lieu à ce qui arrive en ce moment.

— Si tout-à-l'heure vous m'exprimiez quelque surprise au sujet de mon langage, je me vois obligée de vous dire, à mon tour, combien le vôtre m'étonne.

— Lisette !.....

— Mademoiselle.

— Vous donnez lieu à autre chose, de ma part, qu'à un simple mécontentement.

— Vous connaissez mon attachement à votre personne : ce serait être injuste à

mon égard, que de me supposer l'intention de vouloir vous déplaire.

— Cependant.....

— Ma conduite auprès de vous, jusqu'à
ce jour, ne justifie que trop mon langage,
pour que je croie nécessaire de me justifier d'une semblable accusation.

— Je rends justice à ton zèle et à ton
dévoûment à ma personne; mais l'amitié
que je t'ai vouée, en échange, ne me semble
pas devoir t'autoriser à me déplaire.

— En vous parlant de M. Edouard,
j'étais loin de penser que je m'attirerais,
de votre part, le plus léger reproche. Puisqu'il en est ainsi, et que je tiens beaucoup
à ne pas vous mécontenter, je ne vous dirai plus que ce jeune homme, qui tient,
du reste, une conduite fort honorable et
qu'on estime généralement, paraît être
enthousiasmé de vos attraits et de votre
mérite; que, par ses regards comme par

les prévenances de toute espèce dont il cherche à vous entourer, il me semble tenir beaucoup à votre personne ; que......

— Je vous engage à cesser vos propos inconvenans, si toutefois vous voulez rester encore à mon service.

— Mademoiselle, votre défense me suffit. Ce reproche est le premier que vous m'adressez ; je vous prie de croire qu'il sera aussi le dernier.

— J'en accepte l'augure. »

Il fallut en rester là de cet entretien, parce que la physionomie tant soit peu rembrunie de mademoiselle Brown et la défense formelle qu'elle venait de faire à sa femme-de-chambre de le continuer, forcèrent celle-ci, et bien malgré elle, à se taire. Toutefois, après avoir continué de marcher en silence auprès de sa maîtresse jusqu'à la porte de sa chambre, où elle la laissa, Lisette crut devoir, et sans lui en rien dire retourner au jardin à l'effet de chercher à savoir qui ce pouvait être qui avait perdu le médaillon qu'elle venait de trouver.

Comme sa maîtresse s'était renfermée dans sa chambre à l'effet d'y faire de la musique, et que de quelques instans son service ne l'appellerait auprès d'elle, Lisette se dirigea vers le bosquet ét du côté où était situé le pavillon, bien convaincue qu'elle devait être que le propriétaire du médaillon, s'apercevant de la perte qu'il avait faite, ne tarderait pas à venir le chercher.

A peine était-elle arrivée dans ce lieu, et venait-elle de s'y asseoir sur le banc de gazon, qu'elle aperçut Edouard qui s'acheminait en toute hâte de son côté. Dans un premier mouvement, elle eut quelque envie de déposer le médaillon où elle l'avait trouvé, et puis ensuite de se cacher;

mais craignant, avec quelque raison, d'a-
voir porté en cette circonstance un faux
jugement, elle resta à sa place, où ne tarda
pas à la joindre celui duquel elle venait
de faire l'éloge.

« Etes-vous là depuis long-temps, mademoiselle ?

— Pourquoi, monsieur, me faites-vous
cette question ?

— Parce qu'ayant oublié quelque chose
sur le banc où vous êtes assise, je crains
que quelqu'un ne s'en soit emparé.

— Tout autre que moi vous laisserait
dans l'inquiétude à ce sujet ; mais je vous
estime, et, par suite, vous veux du bien ;
ce motif me détermine à faire cesser immédiatement vos appréhensions.

— Que vous êtes bonne, mademoiselle
Lisette !

— Qu'avez-vous perdu ?

— Un médaillon.

— Le voilà.

— Mille grâces vous soient rendues.

— Est-ce tout ?

— Le hasard vous a mis dans le cas de me rendre un très-grand service. Je vous prie de croire à mon éternelle reconnaissance.

— C'est beaucoup, sans doute ; mais j'ai droit à quelque chose de plus.

— Que voulez-vous dire ?

— Qu'ayant vu le portrait, j'ai reconnu les traits de celle qu'il représente.

— Ah ! Lisette.

— Eh bien ! monsieur.

— Je ne sais que vous dire.

— Ne mérité-je pas votre confiance ?

— Pardonnez-moi.

— Eh bien !

— Mademoiselle Lisette.

— Monsieur Edouard.

— Vous me voyez tout confus.

— Et moi tout oreilles pour entendre le récit touchant des souffrances que vous fait ressentir votre amour pour ma maîtresse.

— Vous connaissez mon secret. Je n'ai rien à ajouter.

— Quoi! pas même intercéder mon appui?

— Si j'osais!

— Il faut oser, monsieur. Au reste, et quoique vous ne l'ayez pas sollicité, comme je sais que vous en avez besoin, je consens à vous l'accorder.

— Que de bontés! et combien ma reconnaissance n'en sera-t-elle pas augmentée!

— Je dois vous déclarer franchement que vous êtes redevable des heureuses dispositions où vous me trouvez à votre égard, au sentiment d'estime personnelle que je vous porte, et aux suffrages unanimes que vous avez su vous concilier.

— Cet éloge est flatteur et quelque peu
outré. Je fais tout ce qui dépend de moi
pour ne démériter l'estime de personne;
mais il est par trop difficile d'obtenir l'assentiment général.

— Quoi qu'il en soit, je n'ai pas attendu
ce moment pour prendre à cœur vos intérêts, et tout-à-l'heure encore je parlais de
vous à mademoiselle Julie.

— De moi, Lisette!

— Oui, monsieur.

— Oserais-je vous demander ce que
vous lui disiez?

— Je vais oser vous le dire. »

Ici la sémillante soubrette raconta mot
à mot au timide Edouard ce qui venait
de se passer entre elle et sa maîtresse.

« Vous le voyez, d'après ce que vous
venez de me dire, il m'est impossible d'oser
jamais prétendre à son estime.

— A son estime, dites-vous? Est-ce que,

quand on est honnête, on n'a pas droit
à l'estime des honnêtes gens ? Ah! monsieur, croyez-moi, une conscience exempte
de blâme n'a rien à redouter de ceux-là
même qui en sentent le prix ; et, quoi
qu'en dise ma maîtresse, elle ne saurait
ne pas vous rendre la justice qui vous est
due.

— Toute mon ambition consiste à ne
pas lui déplaire : je ne puis prétendre à
rien de plus.

— Quand on est vertueux, on peut prétendre à tout. Cependant, ne me faisant
pas illusion, je ne dois point vous donner
des espérances que je n'ai pas moi-même.
Il faut laisser au temps, à votre persévérance, et peut-être aussi à la Providence, le
soin d'apporter quelque notable change-
ment dans les projets que les humains for-
ment ici-bas.

— Je sais qu'il y a des obstacles insurmontables à vaincre pour arriver jusqu'à elle : dès-lors, j'ai peu d'espoir.

— Je ne vous dirai pas qu'il n'en existe pas, et de bien grands ; mais, dans le nombre de ceux qui vous effraient peut-être davantage, il en est un surtout que je dois m'attacher à faire disparaître de votre pensée : celui d'une rivalité, de la part de monsieur Victor, n'existe pas.

— Que dites-vous ?

— La vérité. Mademoiselle n'aime pas son cousin, et paraît fermement résolue à ne jamais l'épouser.

— Se pourrait-il ?

— La chose est avérée. M. Blinval et son fils sont peut-être les seuls au logis qui ignorent cette circonstance.

— Cependant l'un et l'autre comptent beaucoup sur la réalisation de leurs plus chères espérances.

— La conduite que tient M. Victor,

et de laquelle Mademoiselle a été très-exactement informée, a mis entre eux des obstacles désormais impossibles à franchir.

— Mais je ne pense pourtant pas que M. Victor ait démérité à ce point l'estime de sa cousine; car, enfin, on n'a rien à lui reprocher.

— Si, toutefois, il mérite qu'on lui fasse des reproches, ce n'est pas moi qui crois avoir le droit de lui en adresser; mais il suffit que ma maîtresse croie l'avoir pour qu'il soit impossible de la faire revenir à ce sujet.

— Tant pis.

— Tant mieux pour vous, au contraire, puisque le dissentiment qui existe entre eux peut vous rapprocher un jour.

— Cela est vrai. Cependant.....

— Cependant, tant que vous voudrez. Comme je préfère que ce soit vous qui épousiez ma maîtresse que M. Victor, et que je vous ai promis mes bons of- fices, je vous renouvelle l'assurance de tout faire pour vous la rendre favorable.

— Y parvenir serait mettre le comble à tous mes souhaits. »

Après cette conversation, qui avait servi à motiver quelques aveux indispensables pour qu'il existât une confiance réciproque entre l'amant timide et la confidente de cet amour, celle-ci retourna auprès de sa maîtresse, et Edouard resta tout entier livré à ses réflexions. Il n'avait pu voir Julie sans ressentir pour elle une vio- lente passion, et, se rappelant ses premiè- res amours, les infortunes auxquelles elles avaient donné lieu, comme aussi la distance énorme qui le séparait de mademoiselle Brown, il se considéra comme le plus mal- heureux de tous les hommes.

En effet, ne connaissant point ses pa-

rens, pouvant se qualifier avec juste raison d'enfant de la Providence, et, sous ce
rapport, se trouvant sans autre appui que
celui qu'il pourrait se créer par son travail
et une conduite irréprochable, comment
oserait-il élever ses vues jusque sur la
nièce de celui qui était devenu, pour lui,
un second protecteur?

Il est vrai qu'il avait été assez heureux
pour lui sauver la vie; mais M. Blinval ne
lui avait-il pas suffisamment exprimé sa
reconnaissance en l'accueillant dans sa
maison, lui confiant un emploi honorable
et lucratif en même temps, et pouvait-il
se montrer tellement ingrat que de chercher à détruire des espérances conçues
long-temps à l'avance et sur lesquelles
étaient fondées les idées de félicité des
deux familles? La délicatesse de ses sentimens lui fit sentir tout le mépris que lui
vaudrait une pareille conduite, et il se ré-

solut à ne jamais parler de sa passion à qui que ce fût, comme aussi de chercher à l'oublier, si toutefois la chose lui devenait possible.

Les choses en étaient à ce point lorsque, voulant profiter de l'agrément que présentait une belle journée, Blinval fit atteler les chevaux à sa voiture et offrit à Julie d'aller faire une promenade hors des murs de la ville. Celle-ci accepta avec empressement la proposition de son oncle: l'un et l'autre montèrent dans une calèche, et le cocher reçut l'ordre de gagner la campagne du côté de la route de Vincennes.

Après avoir traversé la belle place Dauphine dont le banquier fit remarquer à sa pupille la magnificence et la régularité, et avant d'arriver aux dernières maisons pour être ensuite tout-à-fait dans les champs, Blinval ordonna d'arrêter devant

une porte cochère servant d'entrée à une
vaste cour, sous laquelle passaient, pour
entrer ou sortir, une affluence considérable de personnes des deux sexes.

En mettant pied à terre et avant d'entrer, Julie remarqua que plusieurs voi-
tures stationnaient, rangées sur une seule
file, à la droite et à la gauche du lieu devant lequel ils venaient d'arrêter. Sa curiosité, vivement excitée par l'espèce de réserve que mettait son oncle à ne pas l'instruire de ce qu'elle désirait tant savoir,
sembla augmenter lorsque, ayant franchi
le seuil de la porte, elle remarqua vers sa
droite un vaste édifice, bâti en briques,
d'une teinte extrêmement sombre, qui paraissait être inhabité et ressembler assez
à une ancienne église. A gauche se trouvait être une muraille élevée servant de
mur d'enceinte et dans laquelle on avait
pratiqué une porte qui donnait entrée

dans un champ très-vaste où paraissaient se promener çà et là un très-grand nombre de personnes.

Le morne silence qu'observaient, en allant ou en venant, ces divers individus, et qu'aucun indice ne semblait motiver pour lui donner une explication quelconque, redoubla, s'il se peut davantage, l'espèce d'étonnement que ressentait Julie. Ils pénétrèrent enfin, et quoique serrés par la foule, dans le lieu qui, suivant les probabilités, lui avait paru devoir être un vaste et magnifique jardin.

Combien sa surprise ne fut-elle pas grande, lorsqu'au lieu de magnifiques plantations, d'allées d'orangers ou de belles fleurs qu'elle s'attendait à voir, elle aperçut des mausolées de différentes formes, qu'entouraient des grilles en fer et qu'ombrageaient des arbustes ou des plantes odoriférantes, et aux pieds desquels,

prosternées à genoux, priaient avec fer-
veur des personnes de sexe différent. Ces
dernières circonstances lui firent pressentir qu'elle était dans un cimetière.

Cette idée qui se confirma presque aussitôt et par l'affirmative, en raison de ce
qui se passait autour d'elle au fur et à
mesure qu'elle entra dans l'intérieur de
cet asile, où malgré l'affluence toujours
croissante régnait un silence parfait, la
pénétra malgré elle d'un sentiment religieux et la fit se recueillir en elle-même.
Sa première pensée étant qu'elle allait
prier sur la tombe de ses parens, un saint
recueillement s'empara de tous ses sens et
ne lui laissa d'autre faculté que celle de
suivre son oncle, par un sentiment pure-
ment instinctif, qui, à travers plusieurs
petits sentiers, semblait vouloir la guider.

Le silence que Blinval avait cru devoir
garder et que, par un motif de respect, sa

nièce avait pensé devoir imiter, fut enfin tout-à-coup rompu par ce premier, qui prononça d'un air emphatique ce peu de mots : Nous sommes à la Chartreuse.

Julie avait souvent entendu parler de ce champ de repos, de ce diminutif du Père-Lachaise tant prôné à Paris; qui, quoique d'une bien moins grande étendue de terrain que celui de la capitale, ne lui cède point en magnificence, somptuosité ou en richesse de sculpture des monumens. Dans la capitale de la Guienne comme dans celle de la France, les riches de la terre veulent, après leur mort, perpétuer leur mémoire; et s'ils ne laissent pas un nom révéré chez les pauvres, il semble du moins leur importer beaucoup de prouver à leurs semblables, avant de quitter cette terre qui fut pour eux un véritable paradis, qu'ils moururent tels qu'ils avaient vécu, c'est-à-dire, ne son-

geant qu'à eux, ne s'occupant nullement
du soin d'améliorer le sort des nécessiteux,
en un mot, vivant et mourant en véritables égoïstes et comme s'ils étaient seuls
ici-bas.

En émettant une semblable opinion, il
y a peut-être désaccord avec celle généralement admise, que c'est rendre service à
la classe ouvrière et par conséquent aux
pauvres, que de faire élever à grands frais
des monumens funèbres. Grands de la
terre, hommes à argent et par conséquent
à plaisirs, nous vous interpellons de dire
la vérité : n'est-ce pas bien plutôt votre
orgueil que vous satisfaites en cela, que le
désir de procurer du pain aux malheureux ouvriers?....

Il semblerait que ce dernier asile, commun à tous et qui sert à convaincre les
plus incrédules que tout ici-bas n'est
que chimères, puisqu'une fois morts nous

sommes tous égaux, devrait être moins que tout autre consacré à perpétuer nos extravagances; et cependant, dans ces derniers instants d'une existence qu'une conduite trop souvent équivoque rendit presque toujours répréhensible, les hommes sont assez fous pour vouloir faire croire à leur sagesse.

Qu'elle est étrange cette prétention de leur part, et combien elle sert à caractériser toute l'étendue des faiblesses humaines! Les hommes auraient beau vouloir s'étourdir sur leur propre compte, il leur est impossible de se croire possesseurs de vertus qu'ils n'ont pas, et leurs concitoyens qui les connaissent ne sauraient leur accorder de bonne foi ce qu'eux-mêmes ne peuvent raisonnablement revendiquer. Quant à ceux qui ne les ont jamais connus, comment pourraient-ils élever la prétention de vouloir faire croire à des

II.   12

mérites si rares et qu'on ne rencontre
guère que parmi les héros de romans.
Les faiblesses humaines nous portent sans
cesse à parler vertus, mais à ne pas y
croire.

Précédée par son oncle, et le suivant
pas à pas, Julie jetait çà et là ses regards,
examinait les allans et venans, la magnificence ou l'extrême simplicité des tom-
bes, et lisait rapidement et d'un coup
d'œil ce que des amis sincères ou des hé-
ritiers enrichis avaient fait graver dessus
dans un premier moment de délire. Ces
diverses inscriptions servaient mieux que
tout au monde à démontrer l'exaltation
des idées de ceux qui les avaient ordon-
nées. La simplicité de quelques-unes, con-
trastant d'une manière singulière avec
celles qu'une exagération outrée avait
inspirée, paraissait être le plus pur hommage qu'on pût rendre à ceux que l'on

avait estimés de leur vivant et que l'on re-
grettait après leur mort : les autres faisaient
sourire de pitié les hommes raisonnables.

Blinval et sa nièce, se dirigeant vers la
partie opposée à celle par laquelle ils
étaient entrés, eurent à parcourir le cimetière dans toute son étendue pour se rendre au lieu de leur destination : ce qui
mit plus à même Julie de réfléchir sur
l'instabilité des choses humaines.

Ils étaient enfin parvenus devant un
édifice d'environ trente-cinq pieds d'étendue en carré sur cinquante de hauteur à
sa partie la plus élevée, et dont la surface
présentait la forme d'une pyramide, lorsque, s'approchant d'une grille en fer qui
servait d'entrée et au-dessus de laquelle
on lisait sur une table de marbre : *Sépul-
cre de la famille Dormeuil*, Blinval en
ouvrit la serrure avec une clé qu'il avait
tirée de sa poche, poussa la porte, qui avec

peine tourna sur ses gonds et fit signe à
sa nièce d'entrer la première. Il la suivit,
à son tour, dans cette étroite enceinte,
referma la grille, et puis ensuite fit remarquer, et du doigt seulement, à Julie
que tous les membres des deux familles
qui étaient morts avaient également été
inhumés dans cette demeure.

A l'extrémité opposée et en face de la
porte, Julie remarqua un autel en marbre, de couleur rouge et à veines blanches,
sur lequel se trouvaient être placés tous les
objets nécessaires à la célébration des of-
fices divins. Son tuteur lui dit que chaque
année et à l'époque du jour des trépassés
un prêtre venait y dire des prières auxquelles assistaient les membres de la famille. On avait et à dessein construit les
murailles de ce petit édifice d'une grande
épaisseur, à l'effet d'y pratiquer des niches
dans lesquelles, enfermés dans des cer-

cueils de plomb et embaumés, avaient été placés ceux de leurs parens qui étaient morts à Bordeaux (1).

Les inscriptions qui avaient été sculptées sur chacune des pierres qui servaient à sceller dans le mur les cercueils qu'on y avait placés, lui firent connaître en partie la généalogie de ses parens maternels. Il lui fut désormais impossible de révoquer en doute l'ancienneté de son origine.

Blinval, qui avait attendu que sa nièce eût fait l'examen de ces lieux, ouvrit une

(1) Cet usage, qui nous vient des Maures, et dont on retrouve des traces dans plusieurs villes d'Espagne qu'ils ont long-temps possédées et parmi lesquelles nous citerons, entre autres, Taragone, où existe encore aujourd'hui et non loin de cette cité, nonobstant les travaux du siége que firent les Français de cette place, une muraille d'une grande étendue, servant à conserver, pendant plusieurs siècles, les cadavres inhumés de cette manière.

petite porte en fer, pratiquée dans l'angle droit de la chapelle, que n'avait pas encore aperçue sa pupille. Elle s'en approcha, sur l'invitation que lui en fit son tuteur, et remarqua un petit escalier en pierre, d'environ quinze marches, qu'ils descendirent l'un après l'autre, et où, toutefois, son oncle la précéda. Au bas de cet escalier, ils se trouvèrent dans une enceinte voûtée, ayant une dimension d'à peu près soixante pieds en carré, et éclairée au moyen de soupiraux qu'on avait pratiqués sur les quatre faces, lesquels se trouvaient fermés par des barreaux en fer et un petit grillage en même métal.

Dans ce caveau, on avait élevé plusieurs tombeaux de différentes formes, comme aussi construits de divers matériaux. Leurs formes et la teinte sombre que répandait la faible clarté du jour qu'on y avait laissé pénétrer, donnaient à cet asile un aspect

triste et affligeant à la fois. Quand même
Julie, par suite de sa visite dans ces lieux
solitaires et pleins pour elle de douloureux
souvenirs, n'eût pas été disposée à la mélancolie, elle y eût été contrainte par tout
ce qui l'y entourait. En même temps que
Blinval lui indiqua la droite du caveau,
elle le vit se diriger du côté opposé, et
s'y mettre à genoux au pied d'un tombeau.

Tournant alors ses regards vers le lieu
que lui avait désigné son tuteur, elle aperçut un mausolée en marbre blanc, ayant
cinq pieds de largeur sur six de longueur,
et sur la surface duquel étaient placées,
en forme de pupitre, deux tables de même
marbre. Sur l'une d'elles était tracé, en
lettres d'or, ce peu de mots :

A IRMA BROWN, NÉE DORMEUIL.

C'était la tombe de sa mère; et sur l'au-

tre, qui était celle de l'auteur de ses jours,
elle lut cette inscription :

ICI REPOSENT EN PAIX

LES RESTES INANIMÉS DE CHARLES BROWN,

NÉ AUX ÉTATS-UNIS D'AMÉRIQUE.

IL VÉCUT BON ÉPOUX, BON PÈRE, BON AMI

ET EXCELLENT CITOYEN.

APRÈS SA MORT,

DES DÉVOTS EXALTÉS, DES PRÊTRES FANATIQUES,

FIRENT ABJURER A SA FILLE CHÉRIE

LA RELIGION DE SES ANCÊTRES.

Julie se plaça et à genoux au pied de
la tombe de ses parens, et, pendant qu'elle
les pria de vouloir bien lui pardonner la
faute qu'elle avait commise en changeant
de religion, elle répandit un torrent de
larmes. Long-temps prosternée, priant et
pleurant à la fois, cette fille infortunée
serait encore restée dans cette pénible et
douloureuse position, si son oncle, qui
depuis quelques instans était auprès d'elle

à l'observer et fortement attendri, ne l'eût
tirée de cet état de bien vive affliction, en
lui faisant observer qu'il était temps de
se retirer.

Comme elle se trouvait extrêmement
affaiblie par suite de la forte émotion
qu'elle avait ressentie et des pleurs qu'elle
avait versés, elle se vit contrainte d'accepter le bras que lui offrit son tuteur pour
l'aider à se relever. S'appuyant ensuite
fortement sur ce soutien, elle parvint,
quoiqu'avec peine, à monter l'escalier et à
sortir enfin du lieu où étaient enterrés ses
parens.

Le soleil, baissant vers l'horizon, était
prêt à se coucher pour faire place au cré-
puscule lorsqu'ils sortirent du caveau. La
teinte rouge de feu que répandait cet astre
sur tous les objets environnans, donnait à ce séjour de tristesse et de larmes
un aspect qui occasionait, malgré soi,

un saisissement de crainte et de respect.

La foule qu'ils y avaient remarquée quelques instans auparavant s'était dissipée, et, malgré que son mouvement n'interrompît point alors le silence des tombeaux, le calme qui régnait en ce moment, où peu de personnes se mouvaient, augmentait encore, s'il se peut, le sentiment de mélancolie qu'un pareil séjour est si bien fait pour inspirer à ceux qui le visitent. Cependant çà et là, mais de loin en loin, on apercevait quelques personnes qui, ayant terminé leurs prières, regagnaient la porte de sortie pour rentrer dans leur demeure; mais leurs regards fixés vers la terre, et la lenteur de leur démarche, en faisant préjuger de leur affliction, étaient peu faits pour occasioner une diversion quelconque au sentiment de tristesse dont on se trouvait soi-même pénétré.

Se ressentant l'un et l'autre de cette tristesse qui dispose l'âme à la rêverie et qui nous rend peu communicatifs, Blinval et Julie cheminaient lentement, celle-ci toujours appuyée sur le bras de son oncle, lorsqu'arrivant auprès d'un tombeau en marbre noir, ils furent frappés de sa couleur lugubre et de sa construction. Ils s'arrêtèrent pour mieux l'examiner.

L'allégorie dont on l'avait entouré offrait au premier aspect des idées religieuses et sentimentales. Formant un carré parfait, il était surmonté, à chacun de ses angles, d'une figure de haute dimension et représentant les quatre évangélistes. Au milieu 's'élevait un tronçon de colonne sur lequel était appuyé de l'avant-bras gauche et avec tous les caractères de la plus profonde tristesse, un jeune homme qui, tenant de la main droite un ciseau incliné, indiquait le socle de la colonne sur lequel étaient gravés en lettres d'or ce peu de mots : *Élevé à Belmond par la reconnaissance.*

Ce nom, qui leur était parfaitement bien connu, et ce que l'un et l'autre savaient de l'histoire de ce riche rentier, des malheurs survenus à sa famille, et de ceux qu'Edouard, son fils adoptif, avait également éprouvés, les détermina à examiner avec beaucoup plus d'attention un monument qui leur rappelait de tristes souvenirs.

Après s'être arrêtés quelques instants devant la face de ce mausolée, ils se préparaient à en faire le tour pour mieux l'examiner, lorsqu'ils virent un individu vêtu de noir et à genoux dans l'intérieur de la grille qui lui servait d'entourage, qu'ils n'avaient pas encore aperçu. Un mouchoir blanc, qu'il tenait dans ses mains et dont il couvrait en entier son visage, empêchait qu'on ne pût distinguer ses traits; mais tout semblait indiquer qu'il était en proie à la plus vive affliction. Pour ne pas l'interrompre dans cette espèce de méditation, Blinval et sa pupille se disposaient à se retirer, lorsqu'à un mouvement qu'il fit ils reconnurent Edouard. Aussitôt, et pour ne pas prolonger plus long-temps un sentiment de tristesse qui devait avoir des bornes, ils l'appelèrent, quittèrent ensemble ce champ du repos, et puis, après être montés en voiture, se dirigèrent vers leur demeure, où ils ne tardèrent pas à arriver.

CHAPITRE V.

—

ÉVÉNEMENT IMPRÉVU.

—

Julie avait atteint sa majorité, et le moment était venu pour son oncle de la mettre en possession de ses droits. Long-temps à l'avance, Blinval avait déterminé l'époque de la reddition de ses comptes

de tutelle à sa pupille, et, tout en s'occupant du soin de lui prouver qu'il avait fait
un bon usage du mandat qu'on lui avait
confié, il était bien aise également d'ac-
compagner cet événement d'une espèce
de solennité.

Le jour était arrivé de tenir l'une et
l'autre de ces promesses, et pendant
qu'enfermé dès le matin dans le pavillon
du jardin avec M. Gelibert et Edouard, il
mettait la dernière main à l'acte important de sa gestion ; qu'Ambroise, plongé
dans une noire rêverie, était assis sur le
banc de gazon situé auprès de ce même
cabinet, Jacques, à la tête des gens de la
maison, et qu'il avait spécialement chargé
de présider aux préparatifs de la fête qu'il
voulait donner ce soir-là même, en dirigeait les préparatifs.

« C'est bien, très-bien. Cela ne peut
manquer de faire de l'effet, disait Jacques

aux autres domestiques. Oui, je suis certain qu'on reconnaîtra, dans cet arrange-
ment, toute l'étendue de mon génie. Ce
n'est pas vanité; mais, lorsque je me suis
mis quelque chose en tête, il est impossible que je ne le voie pas réussir au gré de
mes désirs : aussi suis-je toujours chargé
de la direction des fêtes que M. Blinval se
plaît à donner à ses nombreux amis. N'est-
ce pas, monsieur Ambroise ?

— Oui, monsieur Jacques.

— Oui, monsieur Jacques ! répéta celui-
ci grommelant entre ses dents, et peu satisfait de cette réponse par trop brève au
gré de ses désirs. On voit bien qu'il ne sait
pas apprécier les heureuses qualités dont
m'a doué la nature. Oui, monsieur Jacques !
répéta-t-il une seconde fois et mécontent.
Mais, regardez donc un peu de ce côté,
et vous sortirez de votre rêverie pour me
faire les félicitations qui me sont dues à

II.   13

tous égards. Examinez le mélange des
fleurs qui composent ces guirlandes, la
finesse des devises et la justesse des inscriptions. Oui, monsieur Jacques! redit-il encore et pour exprimer son humeur. Mais
le voilà encore plongé dans ses maudites
réflexions. Je ne sais ce qui peut le rendre
triste, lorsque tout ici respire la joie que
doit naturellement nous causer la fête
que donne à sa nièce notre respectable
patron.

— Je crois, monsieur Jacques, lui dit en
l'interrompant brusquement l'un des domestiques de la maison, que si nous pla-
cions cette guirlande de fleurs dans cette
allée, ce serait beaucoup mieux pour le
coup d'œil.

— Comment donc, monsieur l'observateur, s'écria Jacques avec un ton de supériorité, vous me faites l'honneur de croire
que ce serait beaucoup mieux ? En vérité,

mon pauvre garçon, je te plains de ton
peu de jugement. Viens çà, que je t'ex-
plique la raison qui me l'a fait trouver
bien placée où elle est ; car, à vous autres,
il faut absolument vous faire toucher les
choses du bout du doigt. Tu vois bien cet
Amour qui paraît sortir de ce bosquet ?
auprès est une corbeille de fleurs : que
manque-t-il à cette corbeille de fleurs ?
par quoi doit-elle être entourée cette corbeille de fleurs ? Ne vois-tu pas que c'est
par cette guirlande que l'Amour semble
venir de tresser exprès ? Eh bien ! qu'as-tu
à répondre à présent, monsieur le con-
naisseur ? Crois bien que ce n'est qu'a-
près de mûres réflexions que M. Blinval
m'a nommé à la place que j'occupe, et
qu'un homme en sous-ordre ne pourra
jamais entrer en rivalité avec le factotum,
le majordome, l'ordonnateur en chef, le...
Enfin, j'espère t'avoir assez démontré com-

bien je suis au-dessus de toutes les observations qu'on pourrait me faire. »

Terminant en ce moment l'affaire qui
l'avait conduit dans le pavillon avec M. Gelibert et Edouard, Blinval, qui entendit
la voix glapissante de Jacques, croyant
qu'il était survenu quelque contestation
entre ses gens, jugea à propos de sortir du
cabinet avec ses amis, de se rapprocher
du lieu où la scène paraissait avoir lieu,
et de demander à son factotum quel était
le motif d'un pareil vacarme.

« Eh bien! mon cher Jacques, je crois
que tu te fâches?

— Ce n'est rien, monsieur Blinval, absolument rien. On se permet de me faire
des observations sur les travaux que je
dirige; on prétend que, pour le coup d'œil,
cette guirlande devrait être placée dans
cette autre allée plutôt que dans celle-là.
Pour le coup d'œil! comme s'il était possi-

ble que quelqu'un de mes subordonnés pût avoir la finesse du mien ; car vous savez que, pour ce qui concerne la symétrie, je puis me flatter...

— C'est mal, sans doute, mon garçon, se hâta de lui dire son maître, voyant qu'il n'allait pas en finir, et je vois que tu n'as rien négligé. Il y a du goût. C'est bien, mon ami, et si vos travaux sont terminés ici, vous pouvez aller vous livrer à vos autres dispositions.

— Oui, monsieur Blinval, oui, monsieur Blinval, nous y allons. Vous voyez bien, vous autres, que cet observateur a tort, et que M. Blinval a dit : « Je vois que tu n'as rien négligé. Il y a du goût. C'est bien, mon ami...» Oui, monsieur Blinval. « C'est bien, mon ami !...» Eh bien donc ! monsieur Ambroise, est-ce que vous n'êtes pas des nôtres ? »

Celui-ci, comme sortant d'une longue

et pénible rêverie, se leva de dessus son siége sans mot dire et sans même regarder ceux qui étaient auprès de lui : il suivit Jacques et ses compagnons.

En les accompagnant de l'œil et le sourire sur les lèvres, Blinval ne put s'empêcher de faire remarquer à ses amis combien la simplicité et l'honnêteté de Jacques étaient remarquables, comme aussi de leur exprimer tout l'étonnement qu'il ressentait de la conduite plus qu'extraordinaire que tenait depuis quelque temps son garçon de caisse.

« Si je ne connaissais sa probité et n'avais la certitude qu'il est, ainsi que sa femme, au-dessus de toute espèce de besoin, puisque j'ai le soin d'y pourvoir généreusement, ou je le croirais coupable de quelque faute, ou bien même éprouvant des privations. Je n'ose l'interroger, et cependant j'ai besoin de calmer les appréhensions que sa conduite m'inspire. Veuillez, mon cher Gelibert, vous charger de ce soin, et me tenir promptement informé de ce que j'aurai à faire pour remédier à un ordre de choses qui m'affecte sensiblement.

— Je vous promets de faire tout ce qui dépendra de moi pour arriver à la connaissance d'un secret que vous paraissez vouloir connaître. Toutefois, je crois pouvoir vous donner à l'avance la certitude que cette sombre rêverie, de laquelle est empreinte la physionomie de votre protégé, ne provient d'aucune circonstance qui doive, et sous aucun titre, lui faire perdre votre estime ni votre confiance.

— Il me serait pénible de voir se réaliser une semblable pensée.

— Elle ne se réalisera pas non plus, veuillez en avoir la certitude. Je ferai ce qui dépendra de moi, et en votre nom, pour déterminer cet homme honnête et estimable à faire disparaître entièrement ce qui affecte ceux qui lui ont voué quelque intérêt.

— En voilà assez sur ce sujet. Nos occupations sont à peu près terminées, et je suis actuellement en mesure de présenter mes comptes à ma pupille. Julie, vous le savez, est une riche héritière, et c'est là un de ses moindres avantages ; car étant douce, bonne et sensible comme elle l'est, elle doit faire le bonheur d'un époux.

— Sans doute qu'elle ne trahira pas non plus vos plus chères espérances ; car les soins généreux que vous lui avez prodigués dès sa plus tendre enfance sont un motif de plus pour qu'elle vous en dédommage. Votre pupille vous a toujours considéré et aimé comme si vous eussiez été son père, et jamais, soyez-en certain, elle ne s'écartera des principes que vous lui avez si bien inspirés.

— Ce n'est pas, mon cher ami, que je révoque en doute, et le moins du monde, la droiture et la reconnaissance de Julie. Comme vous, j'apprécie les brillantes qualités qui la distinguent si éminemment; mais je crains qu'elle ne trouve pas dans son cousin l'homme de son choix. Vous savez que la plus parfaite amitié m'unissait à mon beau-frère, et que ce sentiment était même de part et d'autre poussé à l'exaltation. Vous n'ignorez pas non plus que sa femme et la mienne, vivant ensemble d'un parfait accord, avaient décidé entre elles l'union de nos enfans. Brown et moi, nous donnâmes notre assentiment à ce projet, et je crains, en ce moment, qu'il n'ait été par trop téméraire de notre part; car il y a eu des promesses de faites, des engagemens sacrés ont été pris, et il serait cruel, douloureux même pour moi, de ne pas les voir se réaliser.

— Espérons que de pareilles prévisions ne se confirmeront pas.

— Tout, au contraire, semble me confirmer dans ce doute. Dès leurs plus jeunes ans, nos enfans ne s'aimèrent pas; en grandissant, l'indifférence qu'ils semblaient ressentir l'un pour l'autre, au lieu de diminuer, s'est accrue au point de m'ôter tout espoir. Cependant, et nonobstant cette circonstance, qui ne me prouve pas d'une manière assez évidente qu'ils se détestent, je vous déclare que je désire vivement cette union, d'abord parce qu'elle est destinée à mettre le complément aux engagemens sacrés de nos deux familles, et puis ensuite parce qu'elle comblerait mes vœux les plus ardens. Ainsi, aujourd'hui même je sonderai leurs intentions à ce sujet, et si leurs objections ne sont pas de nature à me faire pressentir le malheur de leur existence future, ils seront immédiatement mariés. Toutefois et avant cet entretien, ayant besoin de prescrire certaines dispositions à mon notaire qui concernent cette affaire, je vous quitte pour quelques instans. »

M. Gelibert et Edouard, en regardant le banquier s'éloigner, gardèrent quelques instans le silence, et puis ensuite, comme éprouvant le besoin de dire toute sa pensée relativement à l'entretien qui venait d'avoir lieu, le premier s'écria :

« Ce bon M. Blinval ! que de chagrins il a éprouvés, et qu'il en a encore à ressentir ! car je crois ce mariage impossible.

— Impossible, dites-vous ?..... Vous dites, monsieur, que ce mariage.....

— Ne me paraît pas probable, dit en l'observant attentivement le vieux gérant, qui avait été étonné de la question et de la manière dont elle lui avait été adressée.

— Mais il me semble cependant, continua Edouard avec inquiétude et une curiosité prononcée, que toutes les considérations se réunissent pour le déterminer. Victor aime sa cousine, et mademoiselle Julie, soumise aux volontés de son oncle, ne saurait lui occasioner du chagrin.

— Sans doute qu'un refus, de la part de Julie, serait une véritable affliction pour Blinval; mais il est si bon, si délicat, qu'il ne voudra jamais contraindre les sentimens de sa pupille; et ils sont tels à cet égard, comme je vous le disais, qu'il m'est permis de croire que ces projets de mariage ne se réaliseront pas. Parmi les nombreux motifs qui viennent s'opposer à cette union, je dois considérer comme y apportant le plus grand obstacle la conduite désordonnée que tient Victor.

— Que voulez-vous dire ?

— Ayant su que ce jeune homme s'ab-
sentait souvent, et de nuit, de la maison,
j'ai dû en rechercher la cause, et elle a été
loin de me paraître excusable. J'ai appris
qu'une passion infâme, celle du jeu, le
portait à l'oubli de ce qu'il devait d'abord
à la bienséance et puis ensuite à ses parens; car, après avoir commis parfois des
choses déshonnêtes, il est rare qu'un joueur
ne finisse pas par en commettre de désho-
norantes.

— Eh quoi! vous pensez qu'à ce point
cette funeste passion se serait emparée de
lui ?

— Cela n'est malheureusement que trop
vrai. S'il faut en croire ce qui m'a été rap-
porté à ce sujet, il aurait commencé d'a-
bord, et comme cela arrive toujours, par
être favorisé; puis ensuite il aurait perdu
des sommes assez considérables. Ne pou-

vant se libérer avec la pension que lui accorde son père, et qu'il lui donne sans doute pour en faire un meilleur usage, Victor a eu recours à des expédiens et puis ensuite à des emprunts. Je sais positivement que sa cousine, n'ignorant point sa conduite, a feint d'être sa dupe et l'a tiré plusieurs fois d'embarras au moyen de sa bourse. Je sais aussi, et je me plais à le reconnaître, que le fils de Blinval est doué d'un excellent cœur; mais la fréquentation des maisons de jeu, de ces repaires du vice, en égarant l'honnête homme, finit, et souvent malgré lui, par lui faire trahir tous ses devoirs.

— Sans doute; mais, cependant.....

— C'est assez, croyez-moi, nous occuper de cette affaire, qui nous intéresse, il est vrai, mais beaucoup moins, en ce moment, que la régularisation de nos comptes. Veuillez, mon cher ami, coucher sur votre

livre et au chapitre des recettes, les deux
cent mille francs en billets de banque
encaissés aujourd'hui, et qu'Ambroise a
rapportés de chez le banquier Fromm. »

Après cette explication, que ne trouva
pas assez péremptoire Edouard, et qu'à
dessein il aurait voulu prolonger, le vieux
gérant le laissa seul se livrer à des commentaires.

Il y avait en effet et pour lui matière à
en faire. Encore présentes à sa pensée, les
paroles de Blinval lui semblaient être un
arrêt de mort, et celles de Gelibert un palliatif consolant. Les unes lui ôtaient tout
espoir, tandis que les autres, au contraire,
lui permettaient d'oser espérer; et l'on sait
que l'espérance est la seule consolation
des malheureux.

En reportant ses souvenirs vers le passé,
il ne pouvait songer à sa position présente
et à celle à venir sans en être effrayé et

ressentir une vive affliction, tant il restait
convaincu que désormais le bonheur avait
fui loin de lui pour ne jamais revenir.
Toute la sagesse dont il se sentait susceptible lui paraissait devoir échouer devant
le résultat de ses réflexions; car, ayant
aimé passionnément Eliza, et lui étant
permis de croire qu'on n'aime sincèrement
qu'une fois, il ne pouvait se rendre compte
du nouveau sentiment amoureux qu'il ressentait en ce moment pour Julie. Sans
doute qu'il n'avait aimé qu'inconsidéré-
ment la première, et, comme le fait le plus
souvent la jeunesse, par caprice; puisque,
devenu plus rassis par suite de ses infortunes, il n'avait pu voir les attraits et les
mérites personnels de cette dernière sans
ressentir pour elle une violente passion.
Cependant, une distance énorme les séparait l'un de l'autre : Edouard le savait
et n'avait pourtant pas le courage néces-

saire pour renoncer, de son propre mouvement, à des prétentions dont il recon-
naissait l'extravagance.

« Hélas ! monsieur Blinval, se disait-il à
lui-même, combien vous m'affligiez lorsqu'il y a quelques instans et à cette même
place vous m'annonciez votre ferme résolution de marier Julie, et, par conséquent,
de me l'enlever..... Me l'enlever ! ai-je dit ;
mais quel droit puis-je avoir sur un cœur
comme le sien pour oser le revendiquer ?
La fille de M. Brown est riche et belle,
par conséquent elle ne saurait être que
la compagne d'un homme qui, comme
elle, serait doué des faveurs de la fortune.
Enfant abandonné, seul sur cette terre où
je n'ai pas même l'appui d'un nom à offrir,
comment oserais-je élever de pareilles
prétentions ? Qu'opposerais-je à tant de
considérations réunies qui se pressent en
foule pour me contraindre au silence et à

l'oubli de mes prétentions vaniteuses? Se-
rait-ce par hasard ma vie irréprochable
et obscure que je voudrais mettre en pa-
rallèle, ou bien même les faibles talens
que je possède et qui m'ont mis dans le
cas d'occuper un emploi dans la maison
de son père, et pour lequel encore je suis
généreusement rétribué? Et quand même
je serais assez fou pour me montrer si
vain, puis-je être assez dénué de raison
pour oser prétendre qu'une personne qui
possède de si éminens mérites ait le moins
du monde jeté sur moi un regard, fût-ce
même de pitié? »

Telles étaient les réflexions que se faisait à lui-même et à haute voix Edouard,
lorsqu'apercevant Julie qui venait à lui,
il allait pour rentrer dans le pavillon et
se soustraire à un tête-à-tête, quand celle-
ci l'en empêcha en lui adressant ainsi la
parole :

« Je croyais mon oncle ici et avec vous, monsieur Edouard ; me serais-je trompée ?

— Il est vrai, mademoiselle, qu'il y était il y a fort peu d'instans ; mais une affaire de la plus haute importance, à ce qu'il nous a dit, l'a contraint de nous quitter. Je pense, toutefois, qu'il ne peut tarder à rentrer.

— Une affaire de la plus haute importance ! Ah ! j'en devine le motif. Je suis certaine que mon tuteur veut me ménager quelque agréable surprise : comme s'il ne lui suffisait pas de son amitié pour moi et de ces préparatifs de fête que j'aperçois pour me convaincre de sa tendresse toute paternelle ! Il a sans doute pensé que j'avais oublié qu'aujourd'hui même est l'anniversaire de ma naissance ; que c'est aussi l'époque qu'il a choisie pour la reddition de ses comptes de tutelle, et qu'il veut en consacrer le souvenir par des réjouissances

qui me flattent à cause de leur but tout
bienveillant pour moi, mais qui ne sauraient en rien augmenter la tendresse et
la reconnaissance que je lui ai vouées.
Quoi qu'il en soit, je veux lui laisser croire
que tant de bontés de sa part ne sont pas
venues jusqu'à moi; que les préparatifs,
comme aussi les procédés des gens de la
maison, ne me l'ont point remémoré.

— Il est si doux pour tout le monde ici
de pouvoir contribuer à votre félicité, que
chacun s'empresse à l'envi de vous exprimer son respectueux attachement. Vous
avoir connue et vous oublier est une chose
impossible.

— Vous croyez, monsieur? lui dit
d'un ton embarrassé la pupille de Blinval,
qui avait cru remarquer un certain en-
traînement dans les paroles du jeune
commis.

— Ah ! mademoiselle, quelle femme

réunit jamais et plus que vous tout ce qu'il faut pour plaire! Votre extrême douceur pour tous les gens de la maison, sans parler de vos attraits personnels, ne sont-ce pas là des titres bien puissans pour entraîner tous les cœurs et captiver leurs suffrages?

— Votre tableau est exagéré, dit émue et un peu embarrassée l'intéressante Julie, et vous vous faites illusion à vous-même sur mon peu de mérite. Si je possède, comme tout le monde, quelques qualités, elles aident à rendre mes défauts supportables. Auprès de mon oncle, d'ailleurs, j'avais de trop bons exemples pour ne pas chercher à les mettre à profit, et j'ai tâché d'utiliser mon temps le plus possible.

— Non assurément, Edouard ne se fait pas illusion sur vos brillantes qualités, et vous êtes pour lui l'objet du plus pur hommage. Lorsque je vous ai vue pour la première fois, je n'ai pu résister au penchant irrésistible qui m'entraînait à vous aimer : en vous connaissant mieux, jugez de ce que j'ai dû ressentir !... Mais puisque cet aveu est sorti involontairement de ma bouche, qu'il est la suite immédiate du trouble que j'éprouve en raison des sentimens de vénération dont vous êtes l'objet au fond de mon cœur, et que j'ai été contraint à vous le faire, malgré la résolution que j'avais prise de le cacher au monde entier, tant je redoute de vous déplaire, veuillez être assez bonne pour pardonner à l'amant le plus tendre et le plus respectueux la déclaration qu'il vous fait d'un amour qu'il porte jusqu'à l'idolâtrie. Oui, mademoiselle, de vous seule désormais dépend mon bonheur. Vous seule pouvez me rendre le plus fortuné des hommes ou le plus malheureux des

amans. Si vous vous offensez de la témérité de mes prétentions, si vous me défen-
dez de paraître désormais devant vos
yeux, j'aurai le courage de ne plus vous
en importuner et de vous fuir ; mais je ne
saurais, et cela je dois le dire, vous promettre de me résoudre à vivre, de tous les
hommes le plus malheureux ! »

Avec une véhémence dont il ne se serait jamais cru capable, Edouard, à genoux aux pieds de Julie, venait de lui déclarer ses sentimens amoureux, et, par cela
même, provoquer auprès d'elle une explication quelconque, lorsque, et sans doute
fort à propos pour celle-ci, le bruit de
quelques pas, qui se fit entendre, faisant
pressentir qu'on s'approchait du lieu où
ils étaient, contraignit le jeune amant
à se relever et à fuir dans le bienheureux
pavillon qui, en cet instant et en lui servant de retraite, permit du moins qu'il

ne fût pas surpris dans cette position peu équivoque. C'était la sémillante Lisette qui, accourant vers sa maîtresse, parut être étonnée de la trouver seule en cet endroit.

« Quoi! seule ici, mademoiselle? Je vous croyais en compagnie.

— Tu vois le contraire; car personne n'est avec moi.

— Ah! je comprends. Il est là, dit Lisette en elle-même et après avoir aperçu Edouard dans le cabinet.

— Eh bien! que dis-tu toute seule?

— Je ne disais rien, mademoiselle, absolument rien, dit la femme-de-chambre avec finesse. Seulement je pensais que.....

— Que pensais-tu?

— Je n'oserai jamais vous le dire, mademoiselle, ajouta-t-elle en examinant attentivement la physionomie de sa maî-

tresse, car vous m'en voudriez peut-être,
et je ne me consolerais pas d'avoir mérité
votre courroux. Vous êtes si bonne, si
bonne, que tout le monde ici, et moi la
première, craint de vous offenser.

— Si le résultat de tes pensées est tel
que tu ne puisses l'avouer, tu as raison de
t'abstenir d'en rien dire; mais si au contraire il est honnête, je t'engage à m'en
faire l'aveu.

— Lorsqu'on a le bonheur de vous
appartenir ou de vous approcher, il n'est
pas possible de ressentir des pensées mal-
honnêtes; car vous inspirez les plus nobles sentimens. Si seulement vous vou-
liez me promettre de ne pas vous fâcher,
je vous dirais que je croyais M. Edouard
ici.

— Et pourquoi avec lui plutôt qu'a-
vec tout autre? répondit Julie avec embarras.

— Mon Dieu ! mademoiselle, n'allez
pas vous offenser de ce que je dis; mais en
vérité ce jeune homme ne voit et n'entend
que par vous. Croyez-vous que je ne me sois
point aperçue, par ses regards qu'il porte
continuellement sur votre personne, de la
vive impression que vous avez faite sur
son cœur? Les lieux que vous parcourez
sont ceux auxquels il accorde la préférence; les choses que vous touchez sont
celles qui ont le plus de prix à ses yeux, et
la profonde mélancolie qui s'est emparée
de lui, depuis quelques temps, suffirait,
je vous assure, à quelqu'un de moins clair-
voyant que moi, pour deviner ce qui se
passe au fond de son cœur. Dernièrement,
ne m'avez-vous pas grondée pour un nœud
de rubans que vous n'aviez point retrouvé
sur votre toilette? Eh bien! je l'ai retrouvé
dans l'un des pavillons du jardin, et sur
le bureau même où travaille M. Edouard.

J'allais m'en emparer, lorsque celui-ci, qui venait de l'y oublier et qui le vit entre mes mains, me supplia instamment de ne pas le priver de ce qu'il appelait son bien suprême. Tel est le mot duquel il se servit, et je vous assure que je ne pus résister à ses prières, je puis même dire à ses larmes...... Quelque pénible qu'ait été pour moi votre courroux dans cette circonstance, j'ai préféré le supporter que de faire le malheur de ce bon jeune homme. Pouvez-vous me blâmer, aujourd'hui que vous connaissez ma conduite, et ne pensez-vous pas que.....

— Je pense que tu ne devrais pas laisser ainsi s'égarer mes rubans, afin d'ôter tout motif à qui que ce soit de s'en emparer. Je ne puis te blâmer d'avoir laissé entre les mains de M. Edouard un objet qui paraissait avoir pour lui un si haut prix, parce que sa conduite respectueuse, ses vertus sociales, lui ont acquis des droits incontestables à l'estime générale, et que je ne peux me refuser, en mon particulier, à lui désirer tout le bien possible; mais je ne saurais approuver tous tes commentaires.

— Quoi! prendriez-vous en mauvaise part ce que la franchise de mon caractère et mon sincère attachement pour votre personne me font vous dire dans vos intérêts? Je ne pense pas que ce puisse être sérieusement, car ce serait se méprendre étrangement sur mes intentions. Vainement vous chercheriez à me taire ce qui se passe au fond de votre cœur; car, si j'ai lu dans celui de M. Edouard ce qu'il pensait de votre personne, il ne m'a pas moins été facile de savoir ce qui se passait dans le vôtre. L'explication récente que nous avons eue ensemble au sujet du médaillon qui renfermait votre portrait, et

que j'ai dû remettre à ce jeune homme
parce qu'il lui appartenait, ne m'a-t-elle pas
fourni encore un nouveau motif de croire
à un amour que vainement vous voulez
me cacher? Votre humeur mal déguisée,
et votre éloignement d'auprès de moi pour
vous trouver seule dans votre chambre,
m'en ont appris davantage que vous n'auriez pu m'en dire. Ah! mademoiselle, je
ne le vois que trop, vous ne m'avez pas
jugée digne de votre confiance, et cependant, continuellement placée auprès de
vous, j'épie tous vos désirs afin de rechercher toutes les occasions de vous être
agréable. Pouvez-vous penser, dans une
pareille position, qu'il ne m'ait pas été
facile de m'assurer que vous payez du plus
tendre retour celui qui vous aime jusqu'à
l'idolâtrie.

— Que dis-tu, Lisette?

— Rien qui soit susceptible le moins du

monde de blesser votre délicatesse ; car les qualités éminentes de ce jeune homme suffisent, soyez-en certaine, pour racheter à tous les yeux le vide que laisse en lui le défaut de naissance et de fortune.

— Eh bien ! Lisette, je ne t'en fais plus un mystère : ce sont les brillantes qualités de ce jeune homme et sa position précaire dans le monde qui ont déterminé mon choix en sa faveur, et que tu as bien deviné. Oui, je réparerai à son égard, et autant qu'il dépendra de moi, les torts de la fortune... Je t'ai accordé ma confiance, sache la mériter jusqu'au bout en gardant le silence. »

Une déclaration aussi franche que naïve des sentimens qu'elle ressentait pour Edouard, et des heureuses dispositions dans lesquelles elle se trouvait à son égard, ne fut que le prélude d'une profession de foi beaucoup plus complète ; car, depuis

long-temps, la rare sagacité de laquelle
était douée la fille de Brown lui avait fait
découvrir toutes les éminentes qualités
que possédait ce jeune homme. Elle s'é-
tendit assez longuement sur un sujet qu'a-
vait provoqué, mais en vain, sa femme-
de chambre, et que toujours elle était
parvenue à éluder avec adresse, mais
qu'en ce moment elle était bien aise de
traiter à fond : aussi ne trouva-t-elle aucune opposition de la part de celle-ci, qui
sut au contraire l'exciter à lui dire toute
sa façon de penser.

Cet entretien, qui durait depuis quelque temps, se serait vraisemblablement
encore prolongé, tant il avait d'attraits
pour celles qui le tenaient, si tout-à-coup
et au moment où elles y songeaient le
moins du monde, elles n'avaient été for-
cées de l'interrompre par suite de l'arrivée
inopinée de Blinval, qu'accompagnaient

Victor, l'instituteur de celui-ci et le vieux gérant de la maison.

« Je te cherchais, ma nièce, et suis bien aise de te rencontrer ici, dit Blinval à sa pupille en l'embrassant.

— C'est aussi dans l'intention de vous voir que je suis descendue au jardin.

— Mes enfans,..... mes amis, dit avec attendrissement à ceux qui l'entouraient cet honnête banquier, puisque nous voilà tous réunis et que le moment est propice, je vais en profiter. Plus tard, la foule des convives s'opposerait à cet entretien, et j'éprouve le plus grand besoin de vous dire toute ma pensée. Tu sais, ma chère Julie, qu'aujourd'hui même est l'anniversaire de ta naissance, et que c'est aussi le moment que j'ai fixé pour te rendre compte de l'administration de tes biens.

—Votre tendresse pour moi, mon père, ne s'est jamais démentie. Soyez assez bon

pour me la continuer, et, par cela même,
ne point traiter un sujet qui semblerait
vouloir me faire considérer à vos yeux
comme étrangère. Ma confiance doit être
en rapport avec les témoignages de tendresse que vous n'avez cessé de m'accorder ;
et, puisqu'ils sont de nature à m'en enor-
gueillir, veuillez laisser à cette journée
toute la solennité que vous avez voulu lui
procurer. Mettons de côté tout sujet d'intérêt, et ne nous occupons que de plaisirs.

— Je puis, et pour te complaire, ajour-
ner à un autre moment de te parler de
mes comptes de tutelle ; mais il est un
sujet duquel je dois t'entretenir. Différer
de te parler de mes devoirs et des tiens
envers nos deux familles serait me rendre
coupable d'une faute dont je ne me sens
pas capable. Je te crois trop raisonnable
pour vouloir m'imposer des conditions

II. 15

qui seraient peu en rapport avec mes principes.

— Non, sans doute.

— Veuille donc m'écouter. Le moment est arrivé où, faisant ton entrée dans le monde, tu as besoin d'un appui, d'un protecteur;... et je désirerais ne descendre dans la tombe qu'après avoir assuré ton bonheur. Il te faut un époux, Julie; et, pour perpétuer à jamais la paix que goû-tèrent tes aïeux, Victor doit le devenir. Si cependant les prévisions de tes parens et mon attente ne doivent point se réali-ser, si mon fils n'a pas été assez heureux pour te plaire, et que tu n'en veuilles point pour mari, tu resteras entièrement maî-tresse de tes actions, et disposeras de ton cœur et de ta main comme tu le jugeras à propos. Je dois te faire connaître les obligations qui t'ont été imposées, mais non pas te contraindre. Je t'éclairerai de mes conseils et de mon expérience, mais toi seule seras l'arbitre de ton sort.

— Ah ! mon père, s'écria Victor dans un mouvement de joie, combien ce nouveau bienfait de votre part ajoute à ma reconnaissance ! Jamais votre fils n'oubliera vos bontés, et, si vos projets n'éprouvent point d'obstacles, mon existence sera consacrée à les justifier. Mais, en vous fixant un époux, dit-il ensuite à Julie, mon père n'aura-t-il pas outrepassé ses devoirs de tuteur, et me sera-t-il permis de penser qu'il n'y a rien de contraire à vos volontés ? » Puis ensuite, se jetant à ses pieds : « Je vous en supplie, mademoiselle, ajouta-t-il, daignez consentir à mon bonheur.

— Relevez-vous, monsieur, dit Julie avec noblesse, et permettez-moi de m'expliquer avec franchise. » Puis ensuite, se tournant vers Blinval, elle lui dit : « Si je possède quelques vertus, c'est à vous que j'en suis redevable, et l'ingratitude n'entrera jamais dans mon cœur. Cependant, je le sens, je vais vous affliger ; mais je le dois à la vérité, je dirai même à mon existence future.

—Ma chère enfant, parle avec confiance, dit vivement celui-ci et avec intérêt.

— Si je consentais à ce que vous me proposez, ce serait un sacrifice de ma part, et je suis persuadée que votre intention n'est pas d'en exiger qui soit capable d'occasioner le malheur de ma vie. Je reconnais l'importance du parti qui m'est proposé ; mais à de simples convenances je ne saurais et vous ne voudriez pas sacrifier mon bonheur. D'après l'idée que je me suis faite du mariage, idée que vous m'en avez donnée vous-même en me parlant du vôtre, il faut, mon père, que l'union de deux êtres soit basée sur une conformité de goûts, d'humeur, de principes et de con-

venances réciproques. Je ne pense pas que
le bonheur domestique puisse se procurer
avec la fortune. En émettant de semblables pensées, c'est vous dire qu'il n'y a point
analogie entre mon cousin et moi, et, par
conséquent, vous déclarer qu'un mariage
entre nous est une chose désormais impossible. Je désire que l'époux qui m'est réservé soit l'homme de mon choix, et non
pas celui des convenances, auxquelles je
ne suis nullement disposée à sacrifier mon
bien-être. Quand je serai fixée à cet égard,
je me ferai un devoir de vous consulter,
persuadée que je suis d'avance d'obtenir
votre assentiment, comme aussi celui de
toutes les personnes auxquelles je suis
assez heureuse pour inspirer quelque tendre intérêt.

— Bien, ma fille, lui dit Blinval en
l'embrassant. Quelque douloureux que soit
pour moi l'aveu que tu viens de me faire,

il soulage cependant ma conscience d'un grand poids. Non, jamais ton père adoptif ne contribuera volontairement à ton malheur. »

Les personnes que Blinval avait invitées ne devant pas tarder à se présenter, et Julie, pour les recevoir, ayant besoin de consacrer quelques momens à sa toilette, il fallut, bon gré malgré, mettre fin à un entretien qui, s'il n'avait également satisfait tous les intéressés, avait du moins servi à faire connaître plus particulièrement les intentions du banquier et de sa nièce. Comme il n'y avait absolument rien à objecter aux motifs que l'un et l'autre avaient fait valoir dans cette circonstance, et qu'il était inutile de perdre en paroles oiseuses un temps qui devenait précieux, l'on se dirigea vers la maison à l'effet de s'y occuper du soin de bien accueillir ceux qui, par leur présence, étaient appelés à

donner plus d'éclat à la fête qui se pré-
parait.

Toutefois, deux personnes, que ces ex-
plications n'avaient point satisfaites, se
crurent dispensées de suivre les autres, et
s'enfoncèrent davantage dans les bosquets
pour qu'aucun témoin incommode ne s'a-
perçût de leur mécontentement. Là, et
loin de toute espèce de contrôle qui aurait pu les gêner, ces deux êtres, semblables à deux génies malfaisans, épanchèrent
dans le sein l'un de l'autre les motifs et
les causes de leur désappointement.

« Que ce refus est douloureux et qu'il
me semble humiliant! Comprenez-vous
quelque chose, mon cher instituteur, à
cette bizarrerie de mon destin, et que
pensez-vous de la conduite de ma cousine?

— Mais elle m'inspire une foule d'idées.

Je crains seulement de vous les communiquer.

— Quel motif pouvez-vous avoir à cet
égard? est-ce que le cœur de votre élève
ne vous est pas suffisamment connu?

— Pardon, mon ami, et je sens tout le
prix de la confiance que vous voulez bien
m'accorder; mais il s'agit, en ce moment,
de fixer irrévocablement votre sort, et,
dans une circonstance aussi importante,
permettez-moi de ne pas vous faire part
de toute ma façon de penser.

— Eh quoi! dans le moment où j'ai le
plus besoin de vos conseils, vous me les
refuseriez? Vous m'abandonneriez à moi-
même? Non, vous serez généreux : vous
aurez pitié de moi.

— Vous le voulez absolument, dit Robert avec hypocrisie : eh bien! puisque
vous me forcez à vous parler avec fran-

chise, je vous dirai que je vous crois un rival et un rival aimé.

—Vous le pensez, Robert! et quel serait ce téméraire?

— Il n'y a rien de positif dans ce que je puis vous dire, rien que de très-vague même; mais tout me porterait à croire que le doucereux Edouard est un ambitieux qui voudrait, en épousant Julie, assurer sa fortune.

— Non, Robert, non! Edouard ne peut être mon rival. La droiture de ce jeune homme m'est connue, et s'il osait élever ses prétentions jusqu'à ma cousine, ce que je suis loin de pouvoir admettre, Julie, j'en suis certain, ne s'abaisserait jamais jusqu'à le payer de retour.

— Puisque vous avez de pareilles idées, je n'entreprendrai pas de vous dissuader; mais, mon cher Victor, c'est avec de semblables sentimens qu'on se fait, tous les

jours, souffler une dot et une femme.
Mais, dites-moi, la dernière perte que vous
avez faite au jeu, et pour laquelle vous
avez contracté des obligations, ne peut
tarder à être connue de votre père : quel
moyen comptez-vous employer pour parer
à cet inconvénient? Le chevalier Specci,
à qui vous devez une somme de vingt
mille francs, ne tardera pas à venir la
réclamer. Comment comptez-vous la
payer?

—Ah ! ce dernier coup m'accable. Sans
doute, je dois m'acquitter ; mais de quelle
manière? Je ne possède par un sou et n'ai
pas plus de crédit.

— Allons donc, mon ami, ne vous laissez pas ainsi abattre par quelques légers
revers. Ayez un peu plus de courage; car
enfin il vous reste des amis. N'êtes-vous
pas le fils unique du plus riche banquier
de Bordeaux, et ne devez-vous pas un

jour jouir, avec votre immense fortune, de tous les plaisirs de la vie?

— Sans doute. Mais en attendant que faire? que devenir?

— Souffrir, si vous n'avez pas assez de courage pour prendre une résolution.

— Ah! sauvez-moi, mon cher Robert, je vous en supplie! Je vous laisse le libre arbitre de mon sort. Faites, agissez comme vous l'entendrez; mais évitez-moi les chagrins que ma position actuelle me présage.

— Eh bien! puisque vous avez en moi une entière confiance et que vous me promettez d'être docile à mes avis, vous aurez Julie et de l'or.

— Je compte sur vos promesses : d'elles seules dépend mon bonheur.

— De votre soumission à mes volontés et à mes conseils dépend aussi leur réalisation. Si vous vous montrez tel que je le

désire, soyez sans inquiétude, et tenez-
vous prêt seulement à me seconder.

— Très-à-propos, monsieur, je vous rencontre ici, dit à Robert le vieux gérant
qui arrivait en ce moment. J'ai à vous entretenir d'une affaire qui vous intéresse
personnellement. Laissez - nous, Victor,
dit-il à celui-ci, qui s'éloigna immédiatement.

—Parlez, monsieur Gelibert, s'empressa
de dire, et avec une affectation marquée,
l'instituteur, aussitôt qu'il se vit seul avec
le gérant; que puis-je faire pour vous être
agréable?

— Sortir de la maison de mon ami
pour ne plus y rentrer, dit Gelibert aussitôt qu'il se fut assuré que personne ne
pouvait les entendre. Demander instamment à M. Blinval votre congé, et me faire
oublier, s'il se peut, par votre conduite future, que vous avez cruellement abusé de

ma confiance et de celle d'une famille honnête.

—Que voulez-vous dire, monsieur Gelibert? à quoi tend ce langage? Vous semblez vouloir attaquer ma réputation...

— Toute feinte entre nous est désormais inutile, et, quels que soient les motifs que vous puissiez m'alléguer, le voile est déchiré : vous ne pouvez être pour moi que ce que vous êtes réellement.

— Que signifie ce propos?... vous m'insultez.... et....

— Ecoutez-moi jusqu'au bout : c'est le seul moyen de faire cesser votre étonnement. Lorsque M. Blinval fut obligé de passer dans les colonies, où l'appelaient des affaires d'intérêt, l'âge tendre de son fils l'obligea, en me confiant la direction de sa maison, à me laisser encore l'arbitre de l'éducation de Victor. L'importance des affaires commerciales d'une maison comme

celle-ci ne me permettant pas de m'occuper par moi-même de ce soin, et ne me
sentant pas d'ailleurs, quand même j'en
aurais eu le temps, dans le cas de justifier,
sous ce rapport, l'entière confiance de
mon respectable ami, je m'occupai de
suppléer par le moyen d'un autre à ce
que je ne pouvais faire. Quelques intérêts
ayant nécessité ma présence à Paris peu
de temps après le départ de M. Blinval, je
me trouvais dans cette ville à l'époque où
les amusemens du Carnaval réunissent
dans les soirées les partisans du plaisir.
Ce fut dans l'une de ces réunions que je
vous vis pour la première fois, que je fis
votre connaissance, et que l'assentiment
général que vous réunissiez, en déterminant ma propre conviction, décida plus
tard mon entière confiance en vous. Vous
ne possédiez point de fortune ; vous aviez
des talens et des mœurs, disait-on : cela

me décida à vous faire des offres que vous acceptâtes. Vous devîntes le précepteur de Victor.

— Je crois, monsieur, avoir pleinement justifié votre attente et....

— Si je n'avais la preuve du contraire, je m'abstiendrais de vous rappeler le passé pour mieux vous faire sentir l'énormité de vos torts. Veuillez, je vous prie, m'entendre jusqu'à la fin. Placé avantageusement, et par mes soins, dans la maison Blinval, vous êtes bien éloigné d'avoir répondu à mon attente, je peux même dire à ma confiance; car, par vos perfides conseils, vous êtes parvenu à égarer le cœur de votre élève.

— Monsieur Gelibert, qu'osez-vous dire?

— La vérité. Osez l'entendre jusqu'au bout. Plus d'une fois, je me suis aperçu du dérangement de Victor, qui, imbu de maximes pernicieuses, serait perdu si on n'y apportait un prompt remède; mais,

jeune encore, sa famille ne doit pas déses-
pérer de le voir rentrer dans le sentier de
l'honneur, duquel vous avez tenté de le
détourner. Long-temps je n'ai pu que
vous soupçonner de contribuer à sa perte;
mais ayant mis moi-même ce jeune
homme entre vos mains, j'ai dû chercher
à connaître la vérité. Je vous ai épié et
fait épier. J'ai pris des informations exac-
tes, et, maître de vos secrets, je pourrais
vous livrer à toute la rigueur des lois, si
je n'écoutais qu'un juste ressentiment.
Mais, en même temps que je ne veux pas
porter le trouble dans le cœur d'un père,
ni la désolation au milieu d'une famille,
je ne vois pour moi aucun intérêt à vous
perdre.

— J'ai lieu d'être quelque peu surpris
d'un pareil langage; et, je le répète, votre
caractère respectable, comme aussi les
motifs qui vous font en agir ainsi, ont pu

seuls le rendre excusable à mes yeux.

— Je ne le vois que trop, il faut absolument déchirer le voile dont vainement
vous persistez encore à vouloir vous entourer. Lorsque vous apprendrez les circonstances qui sont venues à ma connaissance, vous n'entreprendrez plus une défense qui me semble ridicule. La France
n'est point votre patrie, et la ville de Venise est celle où vous reçûtes le jour. Votre
origine est noble. Vous êtes le comte
Fernando Spontini, et le nom de Robert,
sous lequel vous vous êtes fait connaître
à quelques personnes, n'est qu'un nom
supposé sous les auspices duquel il vous a
été plus facile d'abuser de leur confiance
et de la mienne.

— Monsieur.....

— Je sais que votre famille était des
plus respectables et que vos étourderies
de jeunesse l'ont prématurément précipi-

II.   16

tée dans la tombe. La funeste passion du
jeu, à laquelle vous vous étiez livré sans
réserve, vous avait, de crimes en crimes,
conduit dans les prisons de votre pays, et,
déjà, les tribunaux se disposaient à purger la société d'un scélérat tel que vous,
lorsque vous trouvâtes, on ne sait trop
comment, les moyens de vous évader et de
passer en France. Là, sous un faux nom
et à la faveur d'une éducation brillante, il
vous a été facile de cacher, dans une ville
comme Paris, des antécédens aussi défa-
vorables. Ce fut dans cette position, et il y
a environ dix ans, que mon mauvais génie me fit vous rencontrer. Je blâme ma
propre conduite et mon trop de précipitation, dans cette circonstance, puisque
je leur suis redevable d'avoir commis la
faute énorme de placer sous votre surveillance le fils de mon respectable ami. Quoi
qu'il en soit et puisque le mal est fait, je

dois songer et autant qu'il dépendra de moi
à y apporter le remède convenable. Vous
avez été parfaitement bien traité jusqu'à
ce moment. Je vous ai promis, au nom
de M. Blinval, une pension honnête pour
le reste de vos jours : vous la recevrez. J'y
ajouterai même une somme assez considérable pour satisfaire à vos besoins quels
qu'ils puissent être. Puissiez-vous, avec
ces ressources, trouver de quoi vivre heureux dans quelque coin de la terre! mais
je le répète, loin de nous. Il faut sortir
d'ici et dès demain.... Ne me forcez pas à
faire connaître à M. Blinval toute l'étendue de ma faute.... demandez vous-même
à vous retirer.... je le veux, je vous l'or-
donne. »

Le faux Robert fut attéré par les détails
circonstanciés que lui donna de ses antécédens M. Gelibert, et cet état d'une véritable stupéfaction, dans laquelle il était

immédiatement tombé, se prolongea assez
pour donner le temps à celui qui l'avait
occasionée de se retirer sans que pour cela
lui-même s'aperçût le moins du monde
qu'il était resté seul. Il est facile de concevoir, et quelle que soit du reste la force du
caractère humain, que tout autre à sa
place en eût été décontenancé.

N'étant pas assez maître de sa personne
pour ne pas se laisser accabler momenta-
nément sous le poids d'un coup aussi terrible, parce qu'il était peu prévu, le comte
Fernando n'était pas homme cependant
à se laisser entièrement décourager. Aussi,
revenant peu à peu non pas à un calme
parfait, cela eût été impossible, mais à une
tranquillité apparente, il songea sérieusement aux moyens de se tirer de la fausse
position dans laquelle il se trouvait engagé.

Ce qui lui importait le plus en ce moment, n'était pas de savoir comment le

gérant était parvenu à connaître son secret, mais à l'empêcher de le divulguer.
Devenu pour lui un ennemi redoutable,
l'ami de Blinval ne consentirait vraisemblablement jamais à entrer dans les détails
de l'enquête qu'il avait cru devoir provoquer à son égard : dès-lors, il fallait le
mettre dans le cas de ne pouvoir lui
nuire.

« Puisque tout est découvert, se dit-il
en lui-même, et qu'il ne me reste qu'un
moyen de cacher la vérité, je saurai
l'employer. Ce revers de fortune n'en sera
pas un pour moi. Non, il ne sera pas dit
que le comte Spontini renonce tranquillement à ses espérances, à dix années de
travaux... Je ne devais recueillir le fruit de
mes projets que dans quelques mois, et tes
menaces, faible vieillard, en rapprochent
les instans. Ton âge et ton austérité ne te
garantiront pas de mes coups ; et puisqu'il

faut opter entre la misère et la fortune, je
saurai te convaincre de l'inutilité de tes
menaces. Tu peux influencer sur mon
existence à venir, et j'aurais la faiblesse de
me laisser devancer!!!... Non, ta mort me
prémunira contre des chances qui ne sont
que trop certaines pour moi; et c'est après
t'avoir privé de ta vie qui m'importune,
que je m'élèverai à ce même niveau que
tant de gens ne doivent qu'à leur or. »

Le comte Fernando, reprenant son
caractère atroce, prononça ces dernières
paroles avec une espèce de frénésie. Ses
traits, naguère si doux lorsqu'il jouait le
rôle d'instituteur, exprimèrent, en ce
moment, toute la fureur qui maîtrisait son
âme, et en devinrent en quelque sorte la
véritable image. Pour mieux le caractériser, il suffira de dire qu'ayant tiré de son
sein un poignard qu'il y tenait soigneusement caché, il en examina pendant quel-

ques instans et d'un sourire sardonique la
lame, cherchant à s'assurer, en la cares-
sant légèrement de l'œil et du bout des
doigts, que la pointe n'en était point
émoussée : « Elle ira jusqu'au cœur, dit-il
avec satisfaction, et n'en sortira que lorsque mon ennemi aura cessé d'exister. »

Bientôt cependant la foule des convives
affluant dans les vastes et magnifiques
jardins du banquier, en se répandant çà
et là, vint contraindre le comte à se mêler
parmi elle et à prendre, quoique forcé-
ment, part à la fête.

Des buffets abondamment pourvus de
toutes sortes de rafraîchissemens et des
orchestres garnis d'excellens musiciens
ayant été dressés à l'avance, les danses
s'engagèrent de toutes parts, et chacun se
crut engagé, dans une pareille circonstance, à payer de sa personne. Aussi, une
gaîté folle et les éclats bruyans d'un rire

qui n'avait plus besoin d'être comprimé,
en se mêlant au bruit des instrumens,
vinrent remplacer en ce lieu le morne
silence qui y régnait habituellement.

Le banquier, qui avait voulu que tous
ceux qui l'entouraient prissent ce jour-là
part à la fête, n'avait rien négligé pour la
rendre splendide. Pendant que d'un côté
ses nombreux convives se réjouissaient, il
avait permis à ses gens de prendre part
aux plaisirs, et une partie du jardin leur
avait été assignée à cet effet.

Déjà, et depuis quelque temps, la joie
était générale sur tous les points, et tout
semblait prédire qu'elle se prolongerait
jusqu'au bout, lorsque des cris perçans,
des clameurs se firent tout-à-coup entendre. Les danses cessèrent comme par en-
chantement, et le silence le plus absolu
succéda aux bruyantes manifestations de
la joie. Chacun sembla se montrer dési

reux de connaître quel pouvait être l'événement qui venait ainsi apporter le trouble dans ces lieux, et tous les regards, par
un mouvement instinctif, se dirigèrent en
même temps, vers l'un des bosquets d'où
le tumulte paraissait venir.

Cet état de stupéfaction générale dura
peu ; car, quelques instans après, les
domestiques de la maison, conduisant
Ambroise au milieu d'eux, accoururent
annonçant que M. Gelibert venait d'être
assassiné, et que le garçon de caisse avait
commis cet abominable forfait.

CHAPITRE VI.

DANS LEQUEL LE PRÉCÉDENT CHAPITRE OBTIENT QUELQUES DÉVELOPPEMENS NÉCESSAIRES.

L'événement affreux qui venait d'avoir lieu au milieu d'une fête dont les commencemens avaient semblé devoir présa-

ger aux assistans une toute autre fin, en
arrêtant tout-à-coup l'élan qui était donné
aux plaisirs, jeta la stupeur et une sorte
d'effroi parmi les conviés.

Si d'un côté on avait éprouvé de la surprise au sujet d'un pareil attentat et de
l'excès d'audace qui avait porté l'assassin à
le commettre dans un lieu et dans une circonstance qui devaient peu favoriser l'im-
punité, de l'autre on était étonné qu'Ambroise eût pu se décider à se rendre coupable d'un tel forfait. Cet homme jouissait de la confiance de toute la maison, et
l'estime générale lui était acquise, depuis
long-temps, par suite d'une conduite des
plus honorables que n'avait jamais essayé
d'atteindre la calomnie. Quel pouvait donc
être le motif d'une semblable détermination! Tout en se communiquant ces réflexions, chacun se perdait dans une foule
de conjectures vagues, et avait quelque

peine, malgré les apparences, à le croire réellement coupable.

Cependant, innocent ou coupable de ce crime, celui sur qui les apparences étaient venues se réunir avait été conduit dans l'une des chambres de la maison, et renfermé sous la clé, en attendant que le commissaire de police, qu'on était allé chercher, fût arrivé pour informer cette affaire.

D'un autre côté et en face même de la chambre où se trouvait Ambroise, privé de sa liberté, on avait porté dans la sienne et étendu sur un lit le corps inanimé de l'infortuné Gelibert. Là et quoique certain que tout secours fût désormais inutile, un médecin s'était empressé de poser un premier appareil sur les blessures nombreuses et profondes de ce corps sans vie, qu'entouraient ses amis semblant pressentir, comme l'homme de l'art, que l'existence de cet homme de bien était pour toujours terminée.

Pendant que Blinval, sa famille et ceux qui le chérissaient, prenant part à sa peine, répandaient des larmes d'une bien vive et sincère affliction au sujet de la perte dont ils étaient menacés, l'auteur de ces chagrins et du crime abominable qui enlevait de dessus cette terre l'un de ses êtres le plus méritant par ses vertus, se réjouissait du succès de son exécrable forfait. Resté seul dans une pièce commune et qui servait d'intermédiaire aux deux chambres où Ambroise renfermé et Gelibert expirant se trouvaient être, le comte Fernando Spontini, certain de n'être pas reconnu et de pouvoir porter impunément le nom de Robert, récapitulait en lui-même et assis tranquillement auprès d'une table les avantages de la nouvelle position dans laquelle, par suite d'un coup hardi, il venait de se placer.

« Placé entre un danger immédiat et l'espoir d'obtenir une somme considérable avec laquelle je pouvais améliorer mon sort, se disait-il à lui-même, je n'ai pas dû hésiter. Mon existence allait être compromise, et l'homme qui connaissait tous mes secrets devait être sacrifié à ma sûreté personnelle. Gelibert est tombé sous mes coups, et je crois les avoir portés de manière à n'avoir pas désormais à le redouter. La famille du banquier, réunie autour de ce vieillard, lui prodigue des soins inutiles. Le médecin emploie vainement toutes les ressources de son art : elles ne sauraient le garantir de la mort que lui donna une main exercée depuis long-temps et qui n'en était pas à son coup d'essai. »

Puis se levant tout-à-coup de dessus sa chaise et se promenant à grands pas dans la salle où il était, il continua ainsi son monologue :

« La Providence même semble vouloir favoriser mes desseins, et l'accusation qui pèse sur la tête d'Ambroise, renfermé près d'ici et, pour ainsi dire, confié à ma garde, doit me prémunir contre toute espèce d'inquiétude. Cependant, je ne saurais me défendre de quelques secrètes émotions, et si je n'avais pour auxiliaire une réputation que j'ai su, dans la maison, garantir de toute atteinte, je craindrais que ce garçon de caisse, en faisant échouer mes calculs, ne parvînt à se montrer innocent. Mais, en y réfléchissant mieux, je sens que la différence des conditions et surtout sa po_sition précaire dans le monde doivent être pour moi de nouveaux motifs de sécurité. Néanmoins, et comme il est de mon inté-rêt de me prémunir contre tout danger, je ne négligerai aucun moyen de pour-

voir à ma sûreté, et s'il fallait encore sacrifier de nouvelles victimes à la réussite
de mes projets ou à l'entière possession
d'une fortune après laquelle j'aspire depuis long-temps, je sens que mon cœur
comme mon bras ne sauraient s'y refuser. »

Il en était là de son soliloque lorsque le
banquier, son fils et sa pupille, sortant de
la chambre où était Gelibert, vinrent par
leur présence l'empêcher de le continuer.

« Pourriez-vous me dire, monsieur Robert, si le commissaire que j'ai fait demander est arrivé ?

— Non, monsieur, pas encore. Mais
dans quelle position se trouve le malheureux M. Gelibert ?

—Il n'a p as repris l'usage de ses sens, et
le médecin qui est auprès de lui n'ose se
livrer à la moindre espérance. Le meurtrier
paraît avoir combiné ses coups de ma-

nière à ne pas laisser échapper sa victime.

— Infortuné vieillard!...

— Gelibert fut le soutien de mon enfance. Si j'étais condamné à m'en séparer, je sens que cette perte me serait extrêmement douloureuse.

— Ah! monsieur, ne vous livrez pas
ainsi à la douleur, et croyez que votre ami
ne succombera pas sous les coups de cet
affreux attentat.

— Mon père, je vous en supplie, ména-
gez votre sensibilité.

— Mes amis, ne condamnez pas ma
douleur : elle est légitime. Depuis un
grand nombre d'années, cet ami généreux
habitait parmi nous. Par suite de son zèle
et de son activité dans les affaires, il était
devenu le plus ferme soutien de notre
maison. Il fut aussi votre mentor, mon
fils, et c'est lui qui fit choix pour votre

instituteur de ce respectable M. Robert auquel, l'un et l'autre, nous avons de si grandes obligations. Je ne connaissais point d'ennemis à cet homme excellent, et malgré les soupçons qui pèsent sur Ambroise, il me répugne de le croire coupable. »

En ce moment, Jacques vint annoncer au banquier que le commissaire de police qu'il avait envoyé prier de se rendre chez lui venait d'arriver, accompagné de son secrétaire. Blinval donna l'ordre de le faire immédiatement entrer dans la salle où il était et de faire approcher tous les gens de la maison à l'effet de les rendre témoins de l'interrogatoire auquel ce fonctionnaire allait procéder. Cette formalité était même indispensablement nécessaire pour éclairer sa justice.

Lorsque les ordres qu'avait donnés Blinval eurent été exécutés et au moment même

où le commissaire de police, son secrétaire
et les domestiques du maître de la maison entrèrent dans la salle, celui-ci fut au-
devant de ce premier et lui adressa la parole en ces termes :

« Monsieur, un événement affreux vient
d'avoir lieu dans ma maison. Je vous ai
fait demander pour vous mettre à même
de découvrir la vérité. Mon ami M. Gelibert vient d'être assassiné.

— Cet infortuné a-t-il succombé à la
suite des coups qui lui ont été portés?

— Non, monsieur. Il est dans cette
chambre où sont, auprès de lui, un médecin et quelques amis qui lui prodiguent
leurs soins. O mon Dieu! fais que mon espérance ne soit pas trompée : fais que
mon ami me soit rendu!.... »

Pendant que Blinval, prononçant ces
dernières paroles, avait essayé d'arrêter
avec son mouchoir les quelques larmes

qu'un sentiment de bien vive affliction
avait fait s'échapper de ses yeux, le commissaire avait pénétré dans la chambre
où l'on avait déposé le respectable et
vertueux gérant, et en était immédiatement ressorti pour annoncer que, venant
d'expirer, on ne pouvait plus espérer désormais aucun renseignement auprès de
ce vieillard au sujet de l'assassinat dont il
avait été la malheureuse victime. Il demanda toutefois au banquier s'il ne lui
serait pas facile, en raison de quelques
précédens, de pouvoir signaler à la justice quelque individu comme soupçonné
capable de s'être porté à commettre un
aussi exécrable forfait.

« Lorsqu'ils ont annoncé l'attentat
commis sur l'infortuné Gelibert, les domestiques de la maison ont désigné Ambroise, mon garçon de caisse, comme en
étant l'auteur.

— Sur quels indices?... Qui peut l'avoir porté à commettre ce meurtre?...

— Je ne puis lui supposer aucun motif.

— Mais enfin, la moralité de cet homme est-elle susceptible d'autoriser de semblables soupçons?

— Non, monsieur. Depuis nombre d'années qu'il est attaché à ma maison, il m'a été de toute impossibilité de révoquer en doute son zèle, son dévoûment et sa probité, que plus d'une fois, comme vous devez facilement le penser, j'ai été dans le cas de mettre à l'épreuve. Dans toutes les circonstances où il m'a plu de le placer, je dois le dire, je n'ai eu qu'à me louer de la droiture de ses sentimens et à me féliciter de l'avoir à mon service.

— Cela est vrai, monsieur le commissaire, dit Victor, comme pour appuyer sans doute de son assentiment ce que venait de dire son père, et je puis ajouter de plus qu'il

n'est personne dans la maison qui ne
rende justice à son honnêteté et à son
désintéressement.

— Ce que j'entends a lieu de me surprendre; car comment se fait-il que, les
éloges étant unanimes sur le compte de
cet homme, on le désigne néanmoins à la
justice comme l'auteur de l'assassinat?

— Je le répète, monsieur, le rapport
seul des domestiques de ma maison fait
peser sur Ambroise une accusation que
tout nous porte à ne pas croire fondée.
Ceux-là même qui l'accusent, j'en suis
certain, sont loin d'ajouter la moindre
confiance à un soupçon que des circonstances fortuites leur auront sans doute
inspiré.

— Quoi qu'il en soit, et comme je dois
l'interroger, je vous prie de vouloir bien
le faire conduire devant moi.»

Il n'y avait pas un long trajet à faire

pour aller le chercher et le mettre en présence du fonctionnaire qui était appelé à
instruire un commencement de procédure : aussi dès que Jacques, et sur l'ordre
que lui en donna le banquier, eut ouvert
la porte de la chambre dans laquelle Ambroise était renfermé, celui-ci en sortit et
se présenta devant le commissaire avec
cette noble assurance que donne toujours
à l'honnête homme le sentiment d'une
conscience pure, et qui indique suffisamment combien il est innocent du crime
dont on l'accuse. Telle fut l'impression
qu'il désira faire sur son auditoire et
qu'en effet il parvint à lui inspirer de
prime-abord.

« Approchez, Ambroise, et dites-nous
la vérité, lui dit le commissaire en l'apercevant.

— Je ne l'ai jamais trahie, monsieur, et
la situation fâcheuse dans laquelle je me

trouve placé, en ce moment, me fait plus vivement sentir encore la nécessité de vous parler avec franchise.

— Je suis bien aise de vous trouver dans ces heureuses dispositions : elles me sont le gage certain d'y puiser sinon les preuves, du moins quelles sont les cir-constances qui ont déterminé le malheu-reux événement que nous déplorons tous, et qui, en privant de la vie l'infortuné et vertueux M. Gelibert, a plongé dans l'af-fliction ses nombreux et sincères amis.

— Comme eux, monsieur, je déplore cette perte douloureuse et verse des lar-mes sur l'horrible attentat qui, en le pri-vant d'une vie qu'il embellissait, le faisait chérir de tous ceux qui étaient assez heu-reux pour le connaître et l'approcher; mais je ne puis que protester de mon in-nocence et de l'horreur que m'inspire cet assassinat.

— Il ne suffit pas, et vous devez le sentir, de protester ici de votre innocence : il faut la prouver. Vous êtes soupçonné d'avoir commis ce meurtre : il s'agit d'établir et d'une manière péremptoire que vous ne vous en êtes pas rendu coupable. Je sais que vos antécédens et l'opinion publique vous sont favorables : aussi ces diverses circonstances, tout en plaidant fortement en votre faveur, militeront-elles les charges qui pèsent sur vous. Toutefois, et je ne dois point vous le taire, vous ne seriez pas le premier honnête homme qui, tout-à-coup, serait devenu un fripon.

— Oh ! monsieur !....

— Ce mouvement vous honore. Cependant, des motifs que je ne puis encore suffisamment apprécier, mais qui vraisemblablement finiront par arriver à la connaissance de la justice, vous ont sans doute porté à commettre ce meurtre : ce n'est pas de votre propre mouvement que vous vous en êtes rendu coupable. Je ne vous crois ici qu'un agent secondaire.

— S'il faut une victime innocente à la justice, faites en sorte de vous contenter de ma personne, et n'entraînez pas dans ma perte, que l'on semble avoir jurée, un être aussi inoffensif que je le suis et que je dois vous le paraître.

— La justice ne se montre sévère qu'envers les coupables : l'innocent n'a rien à en redouter.

— Certainement, si les noms de Calas, de Sirven, de Lesurques et de tant d'autres victimes ne se trouvaient pas tracés en caractères de sang parmi les jugemens qu'ont rendus nos tribunaux. Ces procès, peu honorables, ne suffisent-ils pas à vos yeux et à ceux de tout être doué de quelque raison pour déposer de l'incurie des magistrats? Avant d'être juges, mes-

sieurs, vous êtes hommes, et, sous ce rapport, vous ne pouvez être exempts de
toutes les faiblesses qui ressortent de la
pauvre espèce humaine. Puisqu'il en est
ainsi, pourquoi ne seriez-vous pas dupes
de votre conviction, qui n'est déterminée
le plus souvent que par des impressions
mensongères ou fantastiques qui doivent
se ressentir naturellement de ce que vous
avez de terrestre?

— Votre raisonnement est juste, et tout
homme de bien, tout juge impartial doit
l'adopter dans toutes ses conséquences.
Cependant, je ne vous le dissimule pas, et
vous en conviendrez avec moi, que, quelles
que soient les mesures de prudence dont
s'entoure la justice dans les circonstances
qui réclament son intervention, si les
hommes qui sont appelés à l'appliquer et
à la faire chérir ne se prémunissaient contre
toute espèce de doléances simulées, elle

commettrait un bien plus grand nombre de bévues; car je ne saurais nier qu'elle n'en fît jamais.

— Pourtant elle ne le devrait pas.

— Si, comme vous le disiez tout-à-l'heure, les magistrats n'avaient pas une enveloppe mondaine.

— Cependant, monsieur....

— Un criminel n'avoua jamais ses fautes, et si la justice n'avait à sa disposition les moyens de déchirer le voile dont s'entourent les scélérats, plus d'un crime serait resté impuni.

— Et croyez-vous qu'il n'est aucun d'eux qui ne se rie d'un manque de punition?

— Sans doute, et la chose est même probable; mais du moins les magistrats qui sont appelés à appliquer la loi et qui, organes du pouvoir, sont chargés aussi de l'interpréter, n'ont-ils pas à se repro-

cher de n'avoir agi consciencieusement.
Je conviens qu'ils doivent se montrer extrêmement réservés, méfians même sur
l'emploi du pouvoir qui leur est confié;
mais il ne s'ensuit pas de cette règle de
conduite adoptée par tous les hommes de
bien qu'on doive montrer trop d'indulgence. On ne saurait en faire usage vis-à-
vis des malfaiteurs, et les honnêtes gens
n'en ont pas besoin.

— Ce n'est pas non plus de la pitié que
je réclame en ce moment, mais bien justice. Ma vie entière, consacrée à faire le
bonheur des autres plutôt que de songer
au mien, est là pour justifier en ma faveur.

— Comment, monsieur, a-t-on conçu
des soupçons sur Ambroise? demanda le
commissaire à Blinval en se tournant de
son côté.

— Une réunion nombreuse a eu lieu

chez moi, ce matin, et au milieu de la
fête que je donnais à l'occasion de l'anniversaire de la naissance de ma pupille,
des clameurs se sont fait entendre. Les
cris d'assassin et de meurtrier sont parvenus à mes oreilles. Bientôt, conduit par
mes gens, Ambroise a été amené devant
nous, et Jacques, mon domestique de confiance, en nous annonçant que M. Gelibert venait d'être frappé de plusieurs
coups de poignard, a désigné mon garçon de caisse comme étant son meurtrier.

— Ce Jacques est-il ici?

—Me voilà, monsieur le commissaire, dit
celui-ci en s'avançant.

— D'après quelles preuves avez-vous
accusé Ambroise d'être coupable de l'attentat commis sur M. Gelibert?

— Institué ordonnateur en chef des fêtes données par M. Blinval, je dirigeais, ce

matin, les gens de la maison dans les préparatifs de celle que donnait mon maître, et
plusieurs fois j'avais, mais vainement, ré-
clamé l'attention de M. Ambroise qui était
assis auprès du cabinet où MM. Blinval,
Gelibert et Edouard étaient occupés. J'a-
vais remarqué qu'il était livré à une noire
mélancolie, et lorsque, d'après les ordres
de M. Blinval, nous quittâmes le jardin,
je fus encore obligé, pour l'engager à
nous suivre, de le tirer de ses rêveries.

— Il est vrai, monsieur le commissaire,
et l'air rêveur que Jacques a remarqué sur
ma physionomie, et duquel il se plaint à
tort, avait un motif bien étranger au cruel
événement qui a eu lieu depuis.

— Continuez, mon ami. Où trouvâtes-
vous M. Gelibert?

— Dans l'un des pavillons du jardin
auprès duquel je passais avec d'autres domestiques, après avoir dansé avec les vil-

lageois, et où nous avions été attirés par
des cris plaintifs.

— Dans quel état trouvâtes-vous M. Gelibert?

— Ambroise le tenait dans ses bras,
couvert de sang et tenant à la main le
même poignard qui se trouve sur votre
table et qui a servi à frapper l'honnête
homme dont nous déplorons la perte.

— Qu'avez-vous, Ambroise, à opposer
à cette déclaration?

— Rien, monsieur le commissaire, absolument rien. Elle est conforme à la vérité, et, malgré que je n'aie pas les moyens
de prouver mon innocence, je jure cependant que je ne suis pas coupable.

— Avec de semblables charges, il est
difficile de croire à votre innocence. »

Dans ce moment M. Robert, s'approchant
du banquier et du commissaire de police,
leur dit, et de manière à n'être pas en-

II.   18

tendu d'Ambroise, que s'ils voulaient lui permettre de parler seul et pendant quelques instans à ce malheureux, il serait peut-être assez heureux pour capter sa confiance et obtenir quelque aveu qui servirait à éclairer la justice. Cette proposition leur parut trop raisonnable pour qu'ils y fissent la moindre objection; aussi l'un et l'autre, en s'éloignant et faisant retirer tous les assistans, l'autorisèrent-ils dans cet entretien. Aussitôt qu'il se trouva en tête à tête avec le garçon de caisse, il lui dit avec une pitié feinte :

« Te voilà placé, Ambroise, sous le poids d'une accusation infâme, èt quelque disposé que je sois de croire à ton innocence, les apparences sont contre toi, et tu n'as aucun moyen d'éviter une affreuse condamnation.

— Je ne le vois que trop, monsieur Robert; et cependant, je vous le déclare, je ne suis pas le meurtrier de M. Gelibert.

— Je le crois sans peine, mon cher Ambroise, lui dit en l'examinant et avec un intérêt hypocrite le faux Robert, et je ne connais guère qu'un moyen de t'arracher à la mort infamante et certaine qui t'attend.

— Un moyen, dites-vous ! Ah ! parlez : ne trompez pas l'espoir et la confiance que j'ai en vous ! »

M. Robert parut hésiter un moment à donner l'explication que son offre avait rendue nécessaire. Cependant, et tout en examinant attentivement la physionomie d'Ambroise, il se décida à ne lui communiquer toute sa pensée qu'au fur et à mesure qu'il s'apercevrait de l'impression que ses paroles feraient sur lui.

« Ce que je vais te confier, dit-il enfin et avec un air de mystère auquel était peu habitué celui vis-à-vis duquel il en faisait usage en ce moment, va te causer la plus

grande surprise; mais j'ai presque la certitude que ce que je vais t'apprendre est
vrai. Je soupçonne Victor d'avoir commis
ce meurtre. Ce jeune homme, tu le sais,
fut confié à mes soins, et si je lui ai fait
acquérir quelques connaissances, je n'ai
pu toutefois et entièrement le prémunir
contre des étourderies de jeunesse qui, je
le sens, avec un caractère aussi violent que
le sien, peuvent le conduire loin. Victor
aime passionnément le jeu, et ce défaut,
qu'il pousse souvent à l'excès, l'a entraîné
dans des pertes considérables. Souvent
elles ont été couvertes par les soins généreux qu'a pris Julie d'en dérober la connaissance à son père; mais une forte
somme perdue depuis peu par ce malheureux, et l'impossibilité où il se sera trouvé
d'y faire honneur, l'aura porté, j'en suis
certain, à se défaire de Gelibert pour puiser plus facilement dans sa caisse et faire

peser sur sa tête le déficit qui doit en résulter. Je ne serais pas étonné si je l'entendais vouloir donner quelque croyance à l'idée d'un suicide de la part du gérant. Mais personne n'y croirait, nul ne serait pris pour dupe.

— Infortuné jeune homme, s'écria Ambroise avec intérêt et comme entraîné malgré lui, que de chagrins tu prépares à ton père ! »

Le faux Robert, s'apercevant de l'impression qu'avait produite son discours, continua sur le même ton, mais avec mystère, craignant, et pour cause, d'être entendu.

« Eh bien ! la position de Victor est telle, que je le crois capable d'empoisonner les derniers instants de M. Blinval; de le précipiter dans la tombe, et peut-être de terminer lui-même dans les fers ou sur l'échafaud une existence qu'il eût pu rendre heureuse. Un seul moyen, je le répète, se présente pour arracher à toutes ces horreurs le malheureux, le respectable banquier; et c'est toi, mon cher Ambroise, que le ciel semble avoir choisi à dessein.

— Parlez, monsieur, expliquez-vous; que faut-il que je fasse?

— D'après tout ce que je t'ai dit et les motifs louables que tu dois me supposer, mon cher Ambroise, je ne dois pas hésiter plus long-temps à te tracer la marche que tu dois suivre. Il faut débarrasser la terre d'un monstre. Il faut empêcher M. Blinval de mourir de douleur. Victor doit cesser de vivre, et c'est toi qui dois lui donner la mort.

— Moi!!!... y pensez-vous?... Quelle horreur!!!... Ambroise devenir un assassin!!!...

— Réfléchis un instant, et songe si tu dois balancer. Bientôt tu vas être conduit dans les prisons de Bordeaux : celle du fort du Hà, d'où, tu le sais, il n'est pas facile de sortir. Là, il ne te restera plus aucun espoir, et, innocent ou coupable, tu périras victime de ton opiniâtreté, si tu te refuses à accepter mes propositions. Dans le cas contraire, je te fournirai les moyens de t'évader et de frapper Victor sans danger. Tu recevras encore de moi une somme assez forte pour te mettre à même de vivre heureux avec ta femme le reste de tes jours, et je faciliterai ton embarquement pour les colonies. Si tu refuses de te rendre à mes désirs et que tu veuilles me trahir, ta déposition retombera sur toi ; car la position sociale que j'occupe me met au-dessus de semblables délations. On ne pensera jamais que tes accusations peuvent être fondées. Elles seront considérées comme un effet de ta scélératesse et de ton ingratitude. L'action que tu commettras en arrachant la vie à Victor, au contraire, te donnera des droits à la reconnaissance de sa famille et à l'estime générale. C'est à toi à choisir entre l'aisance et le bonheur duquel tu peux jouir, ou la mort qui t'attend sur l'échafaud. Les instans sont précieux, et le moindre retard que tu apporteras à accepter mes offres peut te perdre pour toujours.

— Dans quel abîme de maux suis-je donc tombé, s'écria Ambroise en proie au plus violent désespoir, pour être réduit à entendre de telles propositions !!!... Moi ! qui, en ma qualité de garçon de caisse de M. Blinval et depuis plus de vingt ans, ai eu à ma disposition des sommes considérables dont l'appât ne me tenta jamais... ; qui aurais pu m'enrichir mille fois pour une, si j'avais voulu cesser d'être honnête homme... ; et, dans ce moment doublement funeste, devenir ainsi l'objet de tous les mépris.... »

S'apercevant du combat intérieur qui se livrait au fond de la conscience de l'homme dont, à tout prix, il voulait faire sa victime, le faux Robert, tout en examinant attentivement s'ils n'étaient pas surveillés, devint beaucoup plus pressant, et chercha à profiter de l'avantage que semblait lui donner, sur un être simple mais honnête, une éloquence par trop persuasive, et à laquelle celui-ci était sans doute peu habitué.

« Tes réflexions sont hors de propos. Bientôt tu seras réduit à maudire ton indécision; car, en te conduisant à ta perte, elle aura entraîné dans ton malheur cette bonne Catherine, ta compagne, que tu aimes si tendrement, et qui, sous tous les rapports, est si digne de ton attachement.

Devenu, en ce moment, l'arbitre de ton sort, c'est à toi à prononcer.

— Mais, si j'accepte vos propositions, quelles assurances pouvez-vous me donner de leur réussite?

— Accepte, et la simplicité du plan de conduite que je vais te tracer te prouvera, à toi-même, la facilité de son exécution.

— Eh bien! monsieur, je m'abandonne entièrement à vous, certain que je dois être que vous n'abuserez pas de la confiance que vous avez su m'inspirer.

— Non, très-certainement non, mon cher Ambroise. Ecoute très-attentivement ce que je vais te dire et suis aveuglément ce que je vais te prescrire. La salle dans laquelle nous sommes en ce moment communique, tu le sais, dans plusieurs pièces. Ce n'est donc pas ici que tu seras laissé jusques à demain matin qui est le moment fixé pour te conduire dans les prisons de Bordeaux; mais tu seras déposé dans la chambre où déjà tu as été placé et dans laquelle on te croira tout moyen d'évasion impossible. J'aurais pu volontiers me charger de la clé qui en ouvre la porte, et, par conséquent, devenir ton gardien; mais comme je veux éloigner tout soupçon de connivence entre nous et te sauver, je la refuserai lorsqu'on voudra me la remettre, et prierai M. Blinval d'en rester lui-même le dépositaire.

— Mais si vous prenez de semblables dispositions, monsieur, je ne vois guère la possibilité de franchir ensuite le seuil de cette porte.

— Aussi n'est-ce pas par là que tu sortiras, mais bien par la croisée. Elle n'est garnie d'aucune grille au dehors et n'est pas tellement élevée que tu ne puisses facilement, au moyen des draps de lit que tu noueras ensemble, te glisser le long du

mur et descendre dans le jardin. Parvenu
là, je le sais, tu ne serais pas encore à l'a-
bri de tout danger : l'élévation du mur
d'enceinte s'opposerait encore à ta fuite.
J'ai tout prévu. Cette clé que je te remets
est celle de la petite porte qui du jardin
communique dans la campagne et du
côté de la mer : tu l'ouvriras et te trouve-
ras auprès de ton habitation où Victor ne
tardera pas à se rendre.

— Jusqu'à ce moment, je ne vois d'assurée que ma sortie d'ici. En me rappro-
chant de mon habitation, le danger est le
même pour moi, il devient même imminent; car il est probable, certain même,
qu'on viendra m'y chercher tout aussitôt
qu'on s'apercevra de mon évasion.

— Écoute-moi jusqu'au bout. Ce n'est
pas sans motifs que je te désigne ce lieu
plutôt qu'un autre. Voilà un poignard
avec lequel tu frapperas l'indigne fils du

respectable M. Blinval, et après avoir arraché la vie à ce monstre et lui avoir ôté
du doigt une bague que tu me remettras
comme une preuve non équivoque de ta
soumission, en jetant à la mer son cadavre inanimé, tu détruiras jusqu'à la moindre trace de cet acte d'une véritable justice.

— Je comprends.

— A peine auras-tu terminé cette affaire que je me présenterai à toi pour
mettre le complément à mes promesses en
te remettant une somme de douze mille
francs avec laquelle tu passeras dans les
colonies, à bord d'un navire dont le capitaine est de ma connaissance et qui, sur
ma recommandation, te transportera immédiatement, ainsi que ta femme, dans un
pays lointain où ma bienveillance vous
suivra encore. Ce bâtiment mettra à la
voile dès le point du jour, par consé-

quent bien avant qu'on s'aperçoive de ta
fuite. Tu peux donc être sans inquiétude
sur ton avenir. Mais quelqu'un vient. Prudence et courage !

— Soyez sans inquiétude. »

Pressés qu'ils étaient de connaître le
résultat de cet entretien qui leur parut
s'être passablement prolongé, en rentrant
dans la salle où venait de se concerter un
si beau projet, Blinval, Victor et le commissaire, que suivait son secrétaire, mirent
fin à de si honorables projets.

« Eh bien ! monsieur, dit en entrant le
commissaire à Robert, le prévenu per-
siste-t-il dans ses dénégations ?

— Il jure qu'il n'est point coupable. Il
proteste contre une accusation qu'il considère, dit-il, avec horreur, et je suis presque tenté de croire à son innocence.

— Si vous êtes injustement soupçonné,
Ambroise, je vous plains ; mais si vous

êtes coupable et que vous croyez trouver
dans votre dénégation un empêchement
au cours de la justice, vous vous trompez,
car elle trouvera les moyens de découvrir
la vérité.

— Dans ce cas, je n'ai rien à redouter,
car je serai absous.

— Je le désire. Mais comment avez-vous
été trouvé auprès de M. Gelibert?

— J'avais quitté la partie du jardin dans
laquelle se trouvait réunie la société de
M. Blinval, lorsque, passant auprès d'un
cabinet, j'entendis des plaintes étouffées.
Je m'approchai et trouvai le malheureux
M. Gelibert baigné dans son sang et percé
de plusieurs coups de poignard. Je me
précipitai sur lui pour le secourir, s'il en
était temps encore, et je retirais le fer
laissé dans sa poitrine, lorsque les gens de
la maison m'entourèrent, m'entraînèrent
et me signalèrent comme étant le meur-

trier de ce vertueux vieillard, pour lequel, s'il l'eût fallu, j'eusse donné mille fois ma vie.

— Il suffit : vous pouvez rentrer dans cette pièce. »

Et en effet, Ambroise fut de nouveau renfermé dans la chambre qui précédemment lui avait servi de prison, et de laquelle, sur les observations de M. Robert, le banquier fut institué le geôlier.

« Dans les papiers du défunt, dit après son départ le commissaire de police, rien ne justifie l'idée d'un suicide. Toutes les probabilités tendent donc à prouver qu'il est mort victime d'un assassinat ; et, s'il pouvait exister le moindre doute à cet égard, l'enlèvement qui a été fait dans sa caisse d'une somme de deux cent mille francs en billets de banque, suffirait pour l'écarter. Les soupçons pèsent sur Ambroise ; mais tout le monde, rendant jus-

tice à sa moralité, semble par cela même
affaiblir le poids de cette accusation.
Avant d'écrouer dans les prisons ce malheureux, innocent ou coupable, je crois
devoir m'en entendre avec le procureur du
roi. Je vais donc me rendre auprès de ce
magistrat. Pendant ce temps, veillez à ce
que celui que vos soupçons atteignent ne
puisse vous échapper.

— Soyez sans inquiétude à cet égard,
répondit le banquier, car la porte de cette
chambre ferme au moyen d'une serrure
de sûreté, et la clé, que je garderai sur moi
et de laquelle je ne me dessaisirai pas,
m'est le sûr garant qu'il y restera renfermé
jusqu'au moment où vous me transmet-
trez les ordres du procureur du roi. »

Tout en donnant cette assurance au
commissaire de police et à son secrétaire
qui se retiraient, M. Blinval les accompagna jusqu'à l'entrée principale de sa mai-

II.   19

son, où ils continuèrent encore à échanger,
de part et d'autre, quelques paroles. Pendant ce temps, restés seuls dans la salle,
M. Robert et son digne élève eurent entre
eux un autre genre d'entretien.

« M'expliquerez-vous enfin, mon cher
Robert, tout ce que ceci signifie?

— Quand je le voudrais, cela me serait
impossible; car j'ignore comme vous ce
que tout cela veut dire.

— Cet asssassinat de M. Gelibert me
confond, et je ne sais vraiment qu'en
penser.

— Comme à vous, je vous le jure, cet
événement a brouillé toutes mes idées.
Cependant, au milieu de ce désordre, il
ne faut pas perdre de vue vos intérêts;
il faut songer, mon ami, à l'enlèvement
de Julie et aux moyens de fuir avec elle.

— Oui, sans doute; mais comment y

songer, et où en trouver la possibilité ?

— Dans l'événement même qui vient de se passer. Accablé, comme il doit l'être, de la perte douloureuse qu'il vient de faire dans la personne de son gérant, et sentant néanmoins la nécessité de s'assurer par lui-même qu'elle ne s'étend pas au-delà de son vieil ami et de la somme de deux cent mille francs pris à la caisse, votre père, sans doute, va passer la nuit en compagnie de votre rival à l'effet d'établir d'une manière positive la balance des affaires de sa maison. Dans une telle occurrence, il est peu probable qu'il vienne nous déranger : ainsi, profitez de ce moment pour vous rendre sur les bords de la mer et du côté de l'habitation d'Ambroise. Dans une heure au plus tard, je vous rejoindrai avec Julie, qu'il me sera facile de déterminer à me suivre, en sup-

posant une belle action à faire. Vous connaissez assez son zèle dans de semblables
circonstances, pour hésiter à croire qu'elle
ne m'accompagne. Tout sera préparé pour
votre départ ; et, avant le lever du soleil,
un navire, dont le capitaine est dans mes
intérêts, vous aura transporté au loin.

— Je le vois, vous êtes un ami rare. Je
me repose entièrement sur vous, et cours
tout préparer pour ma fuite. Dans quelques instans, je serai à vous attendre au
lieu que vous m'indiquez.

— Confiance et persévérance ! » ajouta,
en lui serrant traîtreusement la main,
son digne précepteur.

CHAPITRE VII.

—

LE SEIGNEUR NAPOLITAIN.

—

L'heure à laquelle Ambroise avait cou-
tume de rentrer au logis était depuis long-
temps écoulée ; minuit avait sonné à toutes les horloges ; Catherine en avait compté

tous les coups, et cependant elle ne le voyait pas arriver. Cette bonne épouse commençait à être vivement inquiète d'un retard auquel elle n'avait pas été habituée; car son mari était un homme rangé et de beaucoup d'ordre. Elle savait que ses occupations le tenaient éloigné de jour de la maison, mais que sur la brune il y rentrait pour partager avec sa compagne chérie le frugal repas qu'elle avait préparé et qu'on trouvait excellent parce qu'il était accompagné de manières agréables et assaisonné de l'appétit qu'avait fait naître la fatigue à laquelle on s'était vu contraint de se livrer durant la journée. Quelle était donc la cause de ce retard; d'où pouvait-il provenir?

Qu'il est cruel pour une épouse d'être ainsi placée vis-à-vis des craintes que fait naître l'absence prolongée d'un mari qu'elle aime!

« Ambroise, se disait-elle à elle-même,
est un homme qui ne déroge jamais à ses
habitudes, et ce retard m'afflige beaucoup.
Lui serait-il arrivé quelque malheur ! !....
je n'ose le penser. Jugeant de ses sentimens par les miens, il m'aurait fait connaître les motifs de cette longue absence,
si la chose lui eût été possible.... Peut-être
que M. Blinval l'aura retenu plus tard
qu'il ne le croyait, et qu'espérant rentrer
d'un instant à l'autre, il aura négligé, par
ce motif, de m'en faire avertir.... Cependant, je ne saurais être tranquille, et au
milieu des dangers que courent journellement ces pauvres garçons de recette, je
crains toujours que mon mari, portant
des sommes considérables, ne soit l'un de
ces jours arrêté par des voleurs, dévalisé
et peut-être même assassiné ! »

Tel était le langage que se tenait à elle-
même Catherine lorsque, la porte s'ou-

vrant tout-à-coup, elle vit entrer son mari.

« Ah ! c'est toi, Ambroise, lui dit-elle en se jetant à son cou ; je commençais à craindre qu'il ne te fût arrivé quelque accident. Cette longue absence avec laquelle tu ne m'as pas familiarisée m'a causé beaucoup d'inquiétude.

— J'en suis sincèrement fâché, mais il n'a pas dépendu de moi de la faire cesser plus tôt. Il m'est arrivé en effet quelque chose ; car sans cela j'eusse depuis long-temps été auprès de toi. Des événemens bien extraordinaires ont eu lieu dans la journée d'hier chez M. Blinval, et ils sont de nature à te surprendre beaucoup.

— Mon ami, tu m'effraies ! Qu'est-il donc survenu ?

— Le respectable M. Gelibert a été assassiné, dans le jardin même de M. Blinval et presque au milieu de la fête que donnait ce banquier à l'occasion de la reddition de ses comptes de tutelle à sa pupille.

— Grand Dieu! que m'apprends-tu là! Et quel est le scélérat qui a pu se déterminer à commettre une action si infâme?

— Tu frémiras doublement lorsque je t'aurai dit que, ne le connaissant pas, on a porté les soupçons sur moi.

— Sur toi! Ah! mon ami, qu'ils te connaissent peu ceux qui ont osé ainsi soupçonner la probité et le désintéressement de mon cher Ambroise!

— Un concours de circonstances affreuses semble avoir déterminé cet assassinat, et les choses se compliquent à tel point que je ne désespère pas de connaître le coupable, et, en le démasquant, purger la société d'un monstre abominable.

— Tu connais le coupable et tu ne l'as pas accusé!...

— Le moment n'était pas encore venu.
J'ai obtenu de nouveaux éclaircissemens,
et j'ai presque la certitude de faire connaître le fourbe avant la fin de la journée.
Mais ce sont des détails trop longs à te
donner et que l'importance des instans ne
me permet pas de te faire connaître, du
moins quant à présent. Sois bien convaincue, ma chère femme, que ton mari ne
prévariquera jamais avec ses devoirs et
l'honneur, et qu'une honnête misère lui
paraîtra toujours préférable à une fortune
mal acquise.

— Je le sais, mon ami, et la délicatesse
de tes sentimens, qui me sont bien connus,
fait aussi le charme de ma vie.

— Sois donc sans inquiétude, ma chère
Catherine, car je suis peu disposé à faire
quelque chose qui soit susceptible d'alté-
rer le bonheur que nous goûtons.

— Vous ici! Ambroise, dit en entrant

tout-à-coup le fils du banquier. Dans le
moment où une accusation pèse sur votre
tête et lorsque chez moi l'on vous croit
captif, attendant un acquittement honorable ou une condamnation infamante,
vous êtes ici libre et tranquille! M'expliquerez-vous ce qu'a d'étrange une pareille
conduite, et surtout votre évasion que le
hasard seul, en me conduisant près de
votre porte, m'aura fait connaître ?

— Oui, monsieur Victor, je satisferai
cette curiosité qui me paraît toute naturelle, en vous déclarant de nouveau que
je suis innocent du crime dont on m'accuse, et que jamais ma pensée ne fut souil-
lée par l'idée d'un tel forfait.

— Comment alors avez-vous essayé et
êtes-vous parvenu à tromper la vigilance
de vos gardiens? Pensez-vous me faire ac-
croire que celui qui comme vous redoute
de paraître devant ses juges, soit un

homme duquel on ne puisse révoquer en doute l'innocence?

— Eh quoi! vous aussi, monsieur Victor, vous devenez l'accusateur de mon mari?

— C'est donc de ma fuite que vous tirez la conséquence de ma culpabilité? Je vous plains de porter ainsi un faux jugement; car vit-on jamais un homme, innocent ou coupable et privé de sa liberté, qui ne cherchât les moyens de la recouvrer? Au surplus, il est quelquefois des circonstances tellement graves, des motifs tellement puissans qu'en déterminant une conduite étrange, de la part de ceux qu'ils compromettent, l'ordre des choses naturel semble devoir en être interverti. J'ai fui une captivité odieuse et injuste. Je me suis dérobé peut-être, par la fuite, à une condamnation infamante, et cependant, au milieu de ces événemens pénibles de ma vie, ce ne sont pas là les pensées qui m'occupent.

— Méditeriez-vous encore un nouveau crime ?

— Non. Je n'ai commis que des fautes dans ma vie, et le remords qui les a suivies m'en a cruellement fait repentir. Je ne suis pas un assassin, je ne le fus jamais ni n'eus la pensée de le devenir, et cependant je ne suis pas exempt de reproches. J'ai besoin de l'indulgence des hommes et de la clémence de Dieu.

— Eh bien! Ambroise, si vous êtes innocent du crime dont on vous accuse, comme je veux bien le croire, rentrez dans la maison de mon père. N'attendez pas qu'on s'aperçoive de votre évasion, qu'on vous arrête de nouveau pour vous plonger ensuite dans les cachots ; car aux premiers soupçons qui pèsent sur vous viendrait naturellement se joindre la preuve de votre culpabilité qu'on ne manquerait pas de déduire de votre fuite même.

— Cette preuve de laquelle vous me parlez serait tout aussi dénuée de fondement que les motifs allégués pour me faire déclarer coupable, et je ne serais pas le premier prisonnier, innocent ou non, qui se serait évadé sans laisser pour cela après lui des motifs de justifier l'injustice d'une sentence.

— Vous tenez un langage, une conduite.....

— Qui n'ont rien de répréhensible et qui par conséquent ne doivent pas vous étonner. Vous ne tarderez pas à connaître les motifs qui me forcent à en agir ainsi : oui, bientôt.....

— C'est en vain que vous persistez à ne pas rentrer chez mon père : songez que votre intérêt et votre sûreté l'exigent.

— Non, monsieur Victor, mon intérêt

comme ma sûreté ne sont pas de retourner d'où je viens. Je dois rester ici pour
conserver mes jours et préserver les vôtres
du plus imminent danger.

— Que voulez-vous dire, Ambroise, expliquez-vous!!....

— Un infâme scélérat en veut à vos
jours, et c'est moi qu'il a choisi pour frapper sa victime.

— Je ne comprends rien à ce langage
mystérieux, et je vous prie de me dire.....

— Volontiers, d'autant mieux que les
momens sont précieux. Veuillez donc me
prêter toute votre attention. Soupçonné
d'avoir assassiné M. Gelibert et privé de
ma liberté, je me voyais à la veille d'être
plongé dans les prisons, traduit devant
les tribunaux, et, quoique fier et calme de
mon innocence, la procédure qui devait
s'ensuivre m'eût sans doute, par ses len-
teurs, fait mourir de douleur.

— Hélas ! J'y aurais succombé, dit Catherine attendrie jusqu'aux larmes.

— Au même instant où d'injurieux soupçons m'atteignaient et où l'on me privait de ma liberté, un homme vint m'offrir les moyens de m'évader. « En recouvrant la liberté, me dit-il, je devais jouir de l'aisance, et ce bien-être serait partagé par ma Catherine : » car il ne me faisait pas l'injure de séparer mes intérêts de ceux de ma femme. Il connaissait parfaitement mon cœur et me prenait par mon faible pour me disposer à l'entendre jusqu'au bout. Je devais, ou, pour mieux dire, ma compagne et moi nous devions nous expatrier. Jusque là je ne voyais que du vague dans sa proposition et ne concevais pas le motif qui pouvait déterminer, de sa part, un aussi grand intérêt; mais la restriction qu'il y mit immédiatement après me fixa sur l'importance de

ses offres. Il ne s'agissait d'autre chose,
pour recouvrer ma liberté, ce bien si précieux de la vie et dont il faut avoir été
privé pour en sentir tout le prix, que de
commettre un assasinat. Il ne fallait rien
moins, pour être libre, riche et honoré des
hommes, qu'exécuter en réalité l'action
qui, n'étant d'abord qu'un simple soupçon, m'avait valu tant d'injures et de chagrins. Ainsi l'homme honnête que la dé-
fiance de ses semblables atteint est par
cela même voué au mépris qui l'accompagne en tous lieux, et le scélérat cesse de
l'être, a même part à leurs suffrages s'il
discontinue d'être estimable à ses propres
yeux. Telles étaient les reflexions auxquelles me faisaient me livrer d'insidieuses
propositions que j'écoutais, n'osant trahir
le sentiment d'indignation qu'elles m'ins-
piraient et voulant connaître jusqu'au bout
la pensée du perfide qui osait me les faire.

— Quel excès de scélératesse !

— Ce monstre, que je ne saurais autrement qualifier, me désigne l'homme que je dois frapper d'un poignard qu'il me confie ; et quelle est la victime que je dois sacrifier à sa soif de sang humain ! c'est vous, monsieur Victor, vous, le fils du respectable et vertueux M. Blinval, mon digne patron et bienfaiteur.

— Mais quel est donc l'infâme qui a conçu une pareille pensée, et quel motif plausible peut l'avoir inspirée ?

— M. Robert a juré votre perte, et la haine qu'il vous porte est sans doute la seule raison qu'il ait à objecter.

— Robert demande ma vie ! Le lâche !.. Je commence à concevoir ses affreux projets.

— Permettez-moi de continuer, car, je vous le répète, les momens sont précieux.

— Je suis tout oreilles.

— J'eus quelque peine à contenir l'horreur que m'inspirait une semblable proposition. J'ai même failli me trahir; mais, en songeant combien il était important pour tous de feindre afin de connaître et de déjouer ses affreux projets, j'ai accepté. (*En lui montrant un poignard.*) Il m'a remis ce fer pour vous en frapper, m'a conseillé de vous jeter à la mer pour faire disparaître les traces de cet assassinat; mais, pour lui donner la preuve que j'ai fidèlement exécuté ses ordres, je dois lui remettre l'anneau que vous portez à votre doigt.

— Je commence à comprendre. Voilà ma bague.

— C'est ici même, auprès de mon habitation qui avoisine la mer, et au milieu des carcasses de bâtimens en commencement de construction sur leurs chantiers, qu'a été donné le rendez-vous. C'est à

quelques pas d'ici que je dois donner à
votre ennemi la preuve que vous avez cessé
d'exister et en recevoir la récompense promise. Il est essentiel que nous ne man-
quions pas de prudence.

— Vous avez raison. Robert est un
fourbe et un scélérat que je considère
comme étant le véritable assassin du malheureux dont nous déplorons la perte;
mais comme son plan est établi de manière, sans doute, à nous faire échouer si
nous n'étions en garde contre sa perfidie,
il faut que la simplicité qu'il vous sup-
pose tourne à son désavantage. Pris dans
les piéges qu'il nous aura tendus, il faut
que cet astucieux personnage soit entièrement démasqué et livré enfin à la sévérité des tribunaux.

— Comme il faut nous tenir en garde
contre lui et qu'il ne serait pas prudent
de vous montrer, je vous engage à vous

tenir soigneusement caché derrière les
nombreux et énormes madriers qui se
trouvent placés sur les bords de l'eau, où
je vais l'attirer, et d'où vous pourrez aisément entendre notre conversation, comme
aussi mieux l'observer. »

Catherine demeura dans l'intérieur de
la maison. Quant à Ambroise et Victor, ils
furent se placer l'un et l'autre d'une manière convenable à leur dessein : ce qui
leur fut extrêmement facile, parce que
cette nuit était des plus sombres, qu'aucun
importun ne se trouvait là tout exprès pour
les contrarier, et que M. Robert n'était pas
encore arrivé. Il ne tarda pourtant pas à
se montrer; car les motifs de ce rendez-
vous étaient pour lui de nature à réclamer
son exactitude. En l'apercevant dans l'obscurité et venant à lui, Ambroise eut l'air
de faire un mouvement en avant; mais,

ayant laissé tomber son mouchoir tout exprès et s'étant baissé pour le ramasser, il se fit connaître en ces termes :

« Approchez, monsieur Robert, n'ayez aucune crainte; c'est moi..., c'est Ambroise.

— Eh bien ! Est-ce fait ?

— Oui, Dieu merci; Victor n'existe plus.

— Tu as donc exécuté mes ordres et plongé dans le cœur de Victor la lame du poignard dont je t'avais armé ?

— Il n'existe plus, vous dis-je; plusieurs coups bien portés lui ont arraché la vie et vous en ont débarrassé pour toujours. Cependant, et ainsi que nous en étions convenus, avant de jeter son cadavre à la mer, ce qui devenait indispensable pour ôter la connaissance de cet assassinat, j'ai retiré de son doigt la bague que vous m'avez demandée et que je vous remets comme une preuve irrécusable de mon obéissance à vos volontés.

— C'est très-bien. Il reste maintenant à m'acquitter envers toi et suivant mes promesses. (*Il tire de sa poche un porte-feuille, et, après avoir retiré plusieurs billets de banque*) : Tiens, voilà les douze mille francs que je t'ai promis et avec lesquels tu pourras former aux États-Unis un petit établissement; car c'est dans ce pays que tu vas te rendre. Un capitaine, qui va mettre à la voile dans quelques instans et auquel, en te recommandant vivement, j'ai payé d'avance ton passage, ainsi que celui de ta femme, est chargé de vous y transporter. (*Il lui désigne un navire qui est près de la côte.*) Vois-tu ce bâtiment qu'on distingue facilement d'ici, malgré qu'il fasse encore nuit sombre?

— Oui, monsieur Robert.

— Eh bien ! c'est celui sur lequel tu dois faire la traversée.

— Je vous remercie, monsieur Robert ; je vais aller faire mes préparatifs de départ, qui ne seront pas longs, comme vous devez le présumer, et puis ensuite j'irai m'embarquer avec ma femme.

— Je vous souhaite à l'un et à l'autre un heureux voyage, et te renouvelle la promesse que je t'ai déjà faite de ne pas t'oublier.

— Grand merci. »

A peine le faux Robert se fut-il débarrassé de la présence d'Ambroise, que, certain de ne plus être déçu dans ses rêves de bonheur à venir, sa satisfaction intérieure, à laquelle il donna un libre essor, se manifesta par les félicitations personnelles qu'il s'adressa à lui-même.

« Encore quelques instans, se disait-il

en se promenant à grands pas, et le trouble qui règne dans mon âme sera dissipé.
Ambroise, le seul être susceptible en ce
moment de m'inspirer quelques craintes,
gagné par mes largesses et l'espoir d'un
bonheur que je lui aurai procuré, va fuir
loin de la France, et, par son éloignement,
me placer pour toujours dans un état d'entière indépendance. Paisible possesseur
du porte-feuille qui contient en billets de
banque la presque-totalité des deux cent
mille francs que Gelibert reçut hier et
que, fort adroitement, j'ai su m'approprier,
je puis, avec les résultats de mes écono-
mies, jouir d'une certaine aisance. Ma
fortune actuelle, grossie par les sommes
que je surpris au trop crédule et confiant
Victor, rendra ma position extrêmement
avantageuse. Allons, du courage, monsieur Robert, et puis bientôt vous jouirez,
dans ce monde, de cette considération

que tous les hommes recherchent et que
tant de gens de mon espèce ne doivent
qu'à leur argent. Ce que Venise et Naples,
premiers lieux de mes prouesses, n'ont
pas voulu faire pour assurer ma félicité,
me sera accordé à Paris. Les crédules et
légers Français auront accepté et payé la
lettre de change que mon adresse aura
tirée sur eux. Mais on approche... Cachons,
s'il se peut, notre satisfaction personnelle,
et donnons à notre physionomie un maintien convenable. »

En effet, il ne s'était pas trompé en
croyant entendre quelques personnes s'approcher du lieu où il était. Le jour, qui
commençait à paraître et à permettre
même de distinguer à quelque distance,
lui fit apercevoir Edouard, Julie et Lisette
qui venaient en toute hâte de son côté.

Quel pouvait être le motif d'une visite
si matinale sur les bords de la mer? c'est

ce qui ne lui vint pas tout d'abord à la pensée, tant il était préoccupé de ses propres affaires, mais qu'en toute autre circonstance il eût deviné sans difficulté. Les quelques paroles que débita la sémillante femme-de-chambre, dès son arrivée, lui fit connaître ce qu'il désirait d'apprendre.

« Voilà justement M. Robert, s'écria-t-elle ; il pourra vraisemblablement dissiper vos inquiétudes et vous dire quelque chose au sujet de la fuite d'Ambroise.

— Comment ! Ambroise s'est enfui de la chambre où M. Blinval l'avait renfermé ?

— Oui, monsieur, dit la fille de celui-ci, et cette circonstance a doublement lieu de nous étonner ; car, quelles que fussent les charges qui pesaient sur sa tête, il n'était pas une seule personne de la maison qui osât révoquer en doute son innocence.

— Si quelque circonstance pouvait affaiblir l'intérêt que tout le monde porte à ce

malheureux, dit Edouard, ce serait sans
contredit une fuite qui ne peut qu'autoriser les préventions qui existèrent un
instant contre lui et dans un moment où
cet affreux événement ne nous permettait
guère de réfléchir sur l'importance qu'entraînait avec elle une semblable accusation.

— Je conviens de la vérité de vos asser-
tions, et si toutefois il est innocent, ce dont
je doute, la crainte, s'étant emparée de lui,
l'aura porté à fuir un danger qui ne lui
aura paru que trop certain.

— Le moyen de résister à un pareil effroi ne me semble guère facile, et je vous
avoue franchement que si je me trouvais
accusée d'une action aussi atroce...., ma
tête, qui n'est pas déjà trop sûre, en
tournerait.... Je ne saurais trop à quel
saint me vouer.

— Votre idée est parfaitement juste,

mademoiselle Lisette, lui dit Edouard :
votre âme répugne au mal, et on conçoit
facilement alors les émotions d'un cœur
honnête ; mais l'être abject qui se voue au
crime, en calcule toutes les gradations
avec un sang-froid hideux ; le scélérat
trouve dans l'excès même de sa méchan-
ceté de quoi l'excuser à ses propres yeux.
N'est-ce pas, monsieur Robert ?

— Je le pense comme vous, dit celui-ci
étonné et un peu déconcerté d'une pareille
interpellation ; cependant, je dois avouer
que je n'ai pas une assez grande connaissance du cœur humain pour en graduer
ainsi les différentes émotions.

— On peut pratiquer et aimer la vertu,
répliqua Julie, connaître avec cela les re-
plis du cœur humain, et calculer la mé-
chanceté des hommes par celle dont ils
nous rendent victimes. »

Ils en étaient là de leur entretien, lorsque Blinval et le commissaire, qu'accompagnaient quelques gendarmes, déterminés sans doute par les mêmes motifs que les précédens interlocuteurs, se présentèrent sur le lieu même où il se tenait. En apercevant venir de son côté le banquier, Julie fit quelques pas pour aller au-devant de lui.

« Ah! vous voilà, mon père. La fuite d'Ambroise vous aura sans doute étonné ; et, comme nous, ne pouvant le croire coupable, vous ne savez que penser d'une conduite qui ne paraît pas être le moins du monde en harmonie avec la droiture de caractère que nous lui connaissons.

— En effet, si, dans un premier moment d'une grande douleur, que les circonstances justifient suffisamment, nous avons laissé planer sur sa tête des soupçons offensans, quelques instans de réflexions ont suffi, sinon pour le justifier entièrement, du moins pour lui rendre une partie de cette estime que sa précédente conduite lui avait méritée.

— Je ne cesserai de le répéter, ajouta Edouard, il y a dans la conduite d'Ambroise, dans les événemens de la journée d'hier, quelque chose d'incompréhensible et que je brûle de découvrir.

— Tout le bien qu'on ne cesse de dire d'Ambroise, s'écria le commissaire de police, me ferait penser aussi qu'il pourrait bien n'être pas le meurtrier de M. Gelibert. Cependant, fuir dans un moment où sa déposition peut donner quelque éclaircissement sur cette affaire, augmenter par cela même les préventions dont il fut l'objet, laisser peser sur lui une accusation aussi infâme lorsqu'il a peut-être devers lui les moyens d'écarter les soupçons..., cela me semble bien extraordinaire...., et tout ce vague est peu fait pour fixer mon opinion sur le compte de ce malheureux.

— Peut-être qu'en fuyant ma maison, il aura dirigé ses pas vers la sienne... Voilà son habitation.... On pourrait s'assurer s'il n'y aurait pas paru. Lisette, frappe à la porte.

— Oui, Monsieur. »

A peine celle-ci eut-elle frappé le premier coup de marteau, que la porte s'ouvrit, et Catherine se montra aux assistans.

« Ah! vous voilà, mademoiselle Lisette. Pardon, monsieur Blinval, mademoiselle Julie et vous tous, je n'avais pas eu l'honneur de vous apercevoir dans le premier moment.

— Bonjour, bonne Catherine. Votre mari, où est-il ?

— Hélas! monsieur, en cet instant, je l'ignore; car je l'ai vainement attendu toute la nuit..., et cette absence qui m'a semblé bien extraordinaire et qui m'affecte sensiblement, est sans doute la cause de l'embarras que je vous témoigne en ce moment.

— Etiez-vous seule chez vous, Catherine, et peut-on visiter votre maison ?

— Mais, monsieur.... tout comme il vous plaira.... Cependant....

— Monsieur le commissaire, veuillez donner des ordres pour que la maison soit visitée soigneusement.

— Dans ce cas, madame, dit le commissaire à Catherine, vous aurez la complaisance de nous précéder. »

Pendant que cette formalité, indispensable à la suite de cette affaire, se remplissait, Blinval, resté au milieu des siens et en dehors de la porte, recevait des témoignages non équivoques d'intérêt, et des paroles de consolation lui étaient prodiguées au sujet de la perte douloureuse qu'il venait de faire : elle était vivement

II.   21

sentie par tous ceux qui avaient connu le respectable Gelibert.

Non moins empressé que les autres à faire sa cour au banquier, et pénétré de l'importance des devoirs qui lui étaient tracés dans cette circonstance, par une suite toute naturelle de sa position, Edouard exprimait avec chaleur et tendresse les regrets que lui causait la mort de son vertueux ami.

« Mon cher Edouard, lui dit le banquier avec une excessive bonhomie, je suis extrêmement sensible aux nouveaux témoignages d'affection que vous m'exprimez dans cette circonstance. La mort de M. Gelibert laissera un grand vide parmi nous : je ne saurais en disconvenir ; car il était un véritable ami, et ici-bas on supplée difficilement à une pareille perte. Toutefois, et vous me l'avez suffisamment prouvé, je me plais à penser que je retrou-

verai dans l'attachement que vous m'avez
voué, sinon la totalité, du moins une
grande partie de ce qui me fait regretter
mon vieil et fidèle ami.

— Je ferai de mon mieux pour atteindre ce but : puissé-je être assez heureux
pour y réussir !

— Cela ne vous sera pas bien difficile. »

Ils en étaient là de leur conversation, à
laquelle n'étaient nullement restées in-
différentes la pupille du banquier et sa
servante, lorsque le commissaire de police,
Catherine et les gendarmes sortirent de
l'habitation d'Ambroise en compagnie
d'un autre personnage dont la vue produisit sur M. Robert un effet facile à expliquer, mais qui ne laissa pas que d'être
fort embarrassant pour lui, surtout dans
un moment où il comptait peu sur sa
présence.

« Eh quoi ! Victor ici ! !... » se dit-il à lui-

même; et, essayant de donner de l'assurance à son maintien : « Que veut dire ce
mystère...? aurais-je été joué? Cependant,
contenons-nous et voyons où tout cela va
nous conduire. »

— Toutes mes perquisitions ont été in-
fructueuses, dit le commissaire de police
au banquier; mais monsieur votre fils, que
nous avons trouvé seul et dans l'intérieur
de la maison, pourra vraisemblablement,
monsieur, nous apprendre quelque chose
au sujet d'Ambroise.

— M'expliquerez-vous, Victor, comment
il se fait qu'à cette heure vous soyez hors
de chez vous et dans l'habitation de mon
garçon de caisse?

— Oui, mon père. Il m'est facile de faire
disparaître de dessus votre physionomie
l'opinion défavorable que j'y vois empreinte et qui me concerne, comme aussi
de faire cesser le ton de sévérité avec le-

quel vous me parlez et qui est peu appro-
prié aux circonstances. La nouvelle de
l'évasion .d'Ambroise étant venu jusqu'à
moi, j'ai pensé que ce malheureux était
venu chercher des consolations auprès
de sa femme et l'engager à fuir avec lui.
Par suite de cette idée, je suis accouru à
son habitation, bien résolu à employer
tous les moyens possibles pour le déterminer à rentrer chez vous, et à ne pas se
laisser croire coupable et condamner pour
un crime dont je le crois innocent. Cependant, jugez de mon désappointement
lorsque je ne l'ai pas trouvé chez lui.
Dans cette nouvelle circonstance, j'ai
senti la nécessité de reporter tout mon
intérêt sur son intéressante femme, et j'es-
sayais, par mes conseils, de soulager ses
chagrins, lorsqu'on est venu m'interrompre
en frappant à la porte.

— O comble de perfidie!... dit encore

en lui-même et immobile d'étonnement le faux Robert, à la vue d'Ambroise que ramenait Jacques et les domestiques de la maison. Serais-je trahi!!.... Observons-nous.

— Monsieur, dit Jacques à son maître, voilà Ambroise qui est rentré de lui-même à la maison pour se constituer votre prisonnier et se mettre à votre entière dis-position.

— Ce que m'annonce mon domestique est-il conforme à la vérité, Ambroise? et puis-je croire que le repentir est entré dans votre âme?

— Jacques ne vous en a point imposé, monsieur, et je me suis, il est vrai, pré-senté volontairement chez vous pour m'y constituer votre prisonnier, non pas mû par le sentiment du repentir, que vous me supposez pour un crime dont on m'accuse et duquel, je le répète, je suis innocent, mais pour un autre motif, celui de vous éclairer et de vous aider, ainsi qu'à la justice, à punir un coupable qui n'est pas Ambroise, votre garçon de caisse, mais bien ce M. Robert, instituteur de votre fils.

— Si déjà, par le rang que j'occupe dans le monde et l'estime dont m'honorent les gens de bien, parce que j'en suis digne, je n'étais placé au-dessus d'une semblable accusation, il suffirait qu'elle partît, je pense, d'un misérable tel qu'Ambroise, prévenu d'un assassinat, pour me rassurer contre l'opinion quelquefois erronée des âmes honnêtes et me réhabiliter dans l'estime publique.

— Cela est vrai, monsieur Robert, et tout le monde se plaît ici à vous rendre la justice qui vous est due. Sans doute, Ambroise, qu'au moyen d'un subterfuge vous vous êtes promis de détourner de dessus vous les soupçons qui s'y portèrent tout d'abord, et qu'en faisant peser cette culpabilité sur un autre, vous avez pensé pouvoir retarder le cours de la justice. Si telle est votre idée, vous vous êtes étrangement trompé, et je vous en avertis, pour que, n'oubliant pas ce que vous nous devez d'égards et ce que vous vous devez à vous-même, vous vous pénétriez bien de la situation dans laquelle vous êtes placé en ce moment.

— Je sens toute l'importance de vos raisons et ne me fais pas illusion non plus sur la distance qui me sépare de celui que je vous désigne comme un grand coupable et que je signale au glaive des lois. De la situation peu brillante d'un pauvre garçon de caisse à celle d'un homme considéré dans le monde, il y a loin sans doute, surtout lorsqu'il n'a à opposer à une brillante éducation que sa simplicité et une honnête indigence. Mais cette misère est quelquefois, et malgré nos détracteurs, plus honorable à offrir qu'une fortune ou une aisance dont on ne saurait avouer la source. Quoi qu'il en soit de cette position plus que précaire dans laquelle je me trouve assez maheureusement placé, et quelque peu disposé qu'on soit à admettre ma justification au préjudice d'une réputation que je soutiens être mal acquise et que j'attaque, je n'en poursuivrai pas moins et avec persévérance la tâche que volontairement je me suis imposée. Plus il vous paraît difficile de me voir réussir à me disculper de l'affreux soupçon qui, pèse sur ma tête et à vous faire découvrir la vérité, plus aussi, en y parvenant, j'aurai acquis des droits à votre bienveillance, et je ne vous tais pas que j'en ai grandement besoin. Le malheureux ne se console de sa pauvreté que tout autant qu'il peut songer que l'estime des gens de bien lui est acquise. .

— Parlez, Ambroise, dit avec bonté le banquier, et si vous n'êtes pas coupable du crime dont on vous accuse, ce que je veux bien croire, et que vous méritiez encore mes bontés, vous pouvez compter sur toute ma sollicitude.

— Rassuré par votre noble caractère et les bontés dont vous m'avez honoré, je vais vous retracer les faits et vous trouver disposé, sans doute, à partager mes soupçons, pour ne pas dire ma conviction bien intime. Hier, après avoir subi l'interrogatoire de M. le commissaire de police et au moment où vous êtes entré dans la chambre de M. Gelibert, M. Robert, vous le savez, est resté seul avec moi. Il vous avait promis, sans doute, d'employer ce temps à tirer de ma bouche quelque aveu qui vînt à ma charge ; mais il n'en a rien

fait. Un autre soin bien plus important
l'occupait : vous allez juger vous-même la
nature et la qualification qu'il faut donner
à ce projet. Après m'avoir fait considérer
toute l'horreur de ma position, autant
sous le double rapport de la forte pré-
somption qui pesait sur ma tête et sous
laquelle je devais succomber que sous
celui de ma misère, qui semblait devoir
encore, d'après lui, m'occuper davantage,
il me proposa de recouvrer la liberté et
d'obtenir en même temps de l'aisance.
Que ne m'eût-il promis! Seulement, il
mit une petite condition à tant d'offres
brillantes, mais elle était de nature à
être refusée ; car il ne s'agissait rien moins
que de commettre un assassinat; et cependant, vous l'avouerai-je? j'acceptai. M. Victor, votre fils, fut la victime qu'il signala
à mon bras..... Et ce fer qu'il me donna
devait lui arracher la vie.....

— Infâme calomniateur!... s'écria Robert, qu'oses-tu dire !

— La vérité. Il m'indiqua les moyens de m'évader, et cette clé, qu'il me donna, me procura les moyens de sortir de la maison et de gagner les environs de mon habitation. C'était ici même que je devais trouver ma victime, et qu'après l'avoir frappée, je devais recevoir de ce monstre la récompense promise, qui consistait en une somme de douze mille francs : je l'ai reçue tantôt en billets de banque, que je me fais un véritable devoir de déposer en vos mains, afin que vous puissiez juger en connaissance de cause.

— C'est précisément dans cette remise qu'on puisera des preuves contre ce tissu de mensonges assez adroitement conçu pour un homme comme lui, j'en conviens, mais qui se détruit de lui-même par son invraisemblance. Comment supposer, en effet, que j'aie pu donner à ce malheureux une aussi forte somme....

— Il est facile de se convaincre de la vérité des faits et de l'importance de ma déclaration. M. Robert n'a pas quitté cette place, par conséquent il doit avoir encore sur lui le porte-feuille dans lequel, et au milieu d'un plus grand nombre, il a puisé les billets qu'il m'a donnés. »

La demande que faisait Ambroise en ce moment, et le raisonnement dont il l'accompagnait, parurent tellement simples, tellement naturels, que, sans l'estime qu'on accordait généralement à M. Robert, le banquier eût invité le commissaire de police à y obtempérer; mais ce motif le retint. Cependant, le précepteur de Victor ayant montré quelque embarras, et l'altération visible de ses traits ayant donné quelques soupçons que son langage peu ordinaire nefit que confirmer, M. Blin-

val pria ce fonctionnaire de donner des
ordres en conséquence. Ce fut le maréchal-
des-logis de gendarmerie qui, désigné
pour remplir cette mission, obtempéra à
cet ordre et trouva, en effet, dans l'une
des poches de l'habit de M. Robert, un
porte-feuille qu'il se hâta de remettre au
commissaire et celui-ci à M. Blinval en
lui disant :

« Le voilà, monsieur : puissions-nous
y puiser la connaissance de la vérité que
nous cherchons !

— Ce sont les mêmes que je reçus hier
de chez le banquier Fromm, dit Blinval
après les avoir tirés un à un du porte-
feuille et soigneusement examinés, et ils
complètent, avec ceux qu'Ambroise m'a
remis, la somme encaissée hier. Voyez
vous-même, mon cher Edouard.

— En effet, dit celui-ci après les avoir
également examinés. Je les reconnais par-

faitement, et si quelque doute pouvait s'é-
lever dans mon âme à cet égard, cette
petite marque à l'encre rouge que je fis
machinalement et sans motifs sur chacun
d'eux suffirait pour les faire totalement
disparaître.

— Ceci, ajouta le banquier, est con-
cluant, et je ne sais pas trop ce que M. Robert pourra nous objecter. Dans tous les
cas, et surtout dans celui où il voudrait encore protester de son innocence, je le
prierai de vouloir bien m'expliquer comment il se fait qu'une somme aussi considérable se trouve à sa disposition et dans
sa poche, lui à qui, et d'après son aveu,
nous ne connaissons pas de fortune.

— Je vous assure, monsieur, que j'en
suis moi-même étonné.... Il faut que ce
misérable ait adroitement trouvé le moyen
de glisser ce porte-feuille dans ma poche
pour faire peser sur moi-même un crime

dont lui seul a pu se rendre coupable.

— J'admire les moyens que vous mettez
en usage pour vous défendre, monsieur
Robert, dit à son tour Victor, qui était
resté là sans souffler le plus petit mot. Je
vous assure que j'ai besoin de toutes les
preuves qui sont à ma connaissance pour
ne pas douter encore de votre culpabilité.
Je dois l'avouer, il n'y a pas encore bien
long-temps que je partageais, à votre
égard, les nobles sentimens que généralement on se plaisait à vous accorder ; mais,
depuis quelques instans, le voile est entièrement déchiré, et votre obstination à ne
pas avouer vos crimes est désormais inutile. Témoin pour vous invisible, j'ai
tout vu, tout entendu, et votre entretien
avec Ambroise, duquel je n'ai pas perdu
un seul mot et duquel j'ai profité, je vous
prie de le croire, m'a donné l'étendue de
votre infâme et abominable caractère.»

Cette déclaration accablante de Victor, quoique suffisante pour attérer un homme de sa trempe, n'aurait peut-être pas été sans appel de sa part, car il avait une locution facile et le don de parfaitement bien persuader ce qu'il voulait qu'on crût ; mais il était dit ce jour-là que son bon génie disparaîtrait.

Un domestique du banquier apporta à son maître une dépêche que venait d'envoyer par ordonnance le consul de Naples et qui lui était adressée. Le porteur de cette lettre avait dit au domestique, pour que celui-ci le repétât à son maître, que son importance était telle qu'il fallait qu'elle lui fût remise dans le plus bref délai pour qu'il en prît immédiatement connaissance. Blinval s'empressa d'en rompre le cachet, et, après avoir lu seulement des yeux et à la hâte son contenu, il s'exprima ainsi :

« Mes amis, voici un éclaircissement auquel nous étions loin d'oser prétendre. Nous verrons comment le coupable soutiendra cette nouvelle charge. (*Il lit*).

« Monsieur, j'apprends à l'instant même
» que l'infortuné Gelibert est mort vic-
» time d'un assassinat, et qu'Ambroise, vo-
» tre garçon de caisse, est accusé d'avoir
» commis ce crime. Comme il importe
» beaucoup, dans une pareille circon-
» stance, de ne pas agir avec trop de
» promptitude, parce que l'innocent pour-
» rait payer pour le coupable, je me fais
» un devoir et même un plaisir de venir
» éclairer votre conscience et, par cela
» même, l'empêcher de vous adresser un
» jour des reproches que vous pourriez
» avoir mérités par trop de précipita-
» tion.

» M. Gelibert, votre estimable ami, m'a-
» vait prié, dans le temps, de faire prendre
» des informations auprès de mon gou-
» vernement au sujet du comte Fernando
» Spontini, connu dans votre maison sous
» le nom de Robert, et qui n'est autre
» qu'un scélérat échappé des prisons de
» Naples, sa ville natale, au moment où
» il allait y recevoir la juste punition de
» ses crimes.

» Ce matin même, j'ai donné à votre gé-
» rant des détails circonstanciés sur ce
» monstre, et nous étions démeurés con-
» venus de certaines dispositions à prendre
» pour le faire arrêter sans délai et écrouer
» dans les prisons pour y être jugé avec
» toute la sévérité que comporte ses
» fautes, lorsque sans doute, et par trop de
» précipitation, une explication aura eu
» lieu entre eux et par suite l'assassinat

» du trop infortuné et regrettable Ge-
» libert.

» L'homme qui a si long-temps et à
» tort possédé la confiance de votre mai-
» son et qui s'en est si indignement joué
» est seul capable d'avoir commis le nou-
» veau crime. Un de plus, vous le sentez,
» n'aurait su l'arrêter. D'ailleurs, se voyant
» découvert, il importait beaucoup au
» comte Fernando que ce secret disparût,
» n'importe comment, et c'est dans le sang
» d'un vieillard qu'il aura cru trouver le
» moyen de le faire disparaître. Très-heu-
» reusement pour vous et pour la société
» que la justice avait depuis quelque
» temps retrouvé ses traces et fixé sur lui
» ses regards.

» Des ordres ont été expédiés en consé-
» quence, et s'il n'est pas encore arrêté et
» que vous en ayez les moyens, vous pou-
» vez hardiment le faire appréhender au

» corps et conduire en prison avec assu-
» rance.

» J'ai l'honneur d'être avec une consi-
» dération très-distinguée,

» Le Consul de Naples,

» Comte ALBERTI. »

Bordeaux, ce.....

La lecture de cette lettre produisit sur
Fernando l'effet de la tête de Méduse;
mais ce premier moment de surprise étant
passé presque aussitôt, il revint à lui et
s'exprima en ces termes :

« Désormais, je le sens, toute feinte est
inutile. Je vais donc vous parler à cœur
ouvert. Oui, j'avoue que moi seul suis
coupable de l'assassinat commis sur M. Gelibert; que c'est par mes conseils que j'ai
entretenu dans Victor cette passion du
jeu qui tôt ou tard me vengera du sup-

plice qui m'est réservé. Je déclare, en outre, que c'est moi qui, non content de
m'être rendu possesseur, par le meurtre
de Gelibert et au moyen de la clé de la
caisse, de la somme de deux cent mille
francs, voulais encore la mort de Victor
pour pouvoir, après m'être débarrassé de
son père par le même moyen, m'emparer
de toutes ses richesses. Voilà le projet que
j'ai nourri pendant dix ans, et si, pendant
ce temps, je n'ai pas exécuté mon plan,
c'est que j'avais l'espoir d'acquérir une
fortune plus considérable en voyant s'augmenter chaque jour davantage la pros-
périté de votre commerce. N'attendez de
moi ni prières ni soumissions.... Je connais
le sort qui m'est réservé et je le brave :
oui, le seul regret que j'éprouve en ce
moment, c'est de n'avoir pas réussi dans
mes projets.

—Veuillez, dit Blinval au commissaire,

me débarrasser de l'odieuse présence de ce misérable. Les sentimens de dégoût et d'horreur qu'il m'inspire sont tels, je le sens, qu'il me ferait sortir de mon caractère, et, à mes yeux, il n'en vaut pas la peine. »

Il était temps, en effet, que cette scène se terminât; car le banquier, naturellement très-doux de caractère, en était devenu rouge de colère. Les gendarmes garottèrent le faux Robert de manière à ce qu'il ne pût leur échapper, et puis ensuite, précédés du commissaire de police, ils l'emmenèrent en prison.

Resté seul avec sa famille et les personnes de sa maison, Blinval les engagea à rentrer chez lui, où il était bien aise de rétablir dans ses idées le désordre qu'y avait apporté les aveux très-explicites du comte Fernando.

Pendant ce court trajet, il réfléchit

beaucoup sur ce qui venait de se passer et sur les conséquences que pouvaient avoir sur l'avenir de son fils les mauvais conseils qu'il avait reçus et qu'il n'avait que trop bien écoutés. Son vieil ami lui parut avoir totalement manqué de tact et s'être conduit dans cette circonstance avec une légèreté de caractère peu pardonnable à son âge et à sa vieille expérience ; mais, hélas ! il en avait été la première victime, et il en était sans contredit le plus à plaindre, parce qu'il ne paraissait pas impossible de ramener à de meilleurs principes et à une conduite plus digne de lui un jeune homme, qui, du reste, n'était pas dénué d'un bon cœur et qui n'était pas encore enfoncé dans le vice. Tout espoir, de ce côté, n'était donc pas entièrement ôté : c'est, du moins, ce que pensait cet infortuné père de famille et ce qu'il brûlait de savoir en interrogeant son fils.

Arrivé dans son salon, Blinval renvoya
ses gens et ne garda auprès de lui que
Victor, Julie et Edouard, auxquels il adjoignit pourtant Ambroise et Catherine;
car il devait des excuses à ces derniers en
raison des chagrins qu'ils venaient de ressentir par rapport à lui, et il se proposait
de les en dédommager amplement. Tout
le monde s'assit autour du banquier, et,
curieux de connaître ce qu'il avait à dire,
chacun attendit en silence qu'il lui plût
de prendre la parole.

Après un très-court intervalle de temps
que Blinval passa dans le recueillement
et que ses amis imitèrent par analogie de
position, la nature prenant le dessus, il
demanda à son fils, avec un sentiment d'a-
mour paternel mêlé de crainte, ce qu'il
devait penser des menaces qu'avait fait
entendre son précepteur, et s'il devait dés-
espérer à tout jamais de trouver en lui le

digne soutien de ses vieux jours et l'honorable rejeton de sa famille.

« Quoique, sans contredit, les apparences soient contre moi, je ne renonce
pas, mon père, à vous faire avoir plus de
confiance dans mes promesses que dans
les prédictions d'un infâme scélérat. Je
ne saurais disconvenir qu'il n'ait mis en
usage tous les moyens possibles de persuasion, chose qui lui était si facile, et qu'il
n'ait employé toute l'influence que lui
donnait sur moi sa position pour me porter à mal faire; mais, ce que je puis affir-
mer sans crainte d'être démenti, c'est que,
s'il m'a porté à commettre des étourderies
de jeunesse, à ressentir la funeste passion
du jeu et à m'y livrer sans aucune espèce
de retenue, il n'a pu parvenir, du moins, à
pervertir mon âme et à me rendre totalement étrangers les sentimens d'honneur
et de délicatesse qui distinguent si émi-

nemment les gens de bien parmi lesquels
je tiens sincèrement à être compris. Si
quelque doute pouvait encore exister à cet
égard dans votre cœur, mon père, il vous
suffirait de penser que l'événement affreux
qui vient de se passer sous nos yeux n'a
pas été plus perdu pour moi que pour
vous, et qu'il m'a guéri, je vous le déclare,
de tous les travers de jeunesse. Mon avenir, je vous en donne ici l'assurance, sera
consacré à mériter vos bontés et à me rendre digne d'un si bon père.

— Je me plais à croire que ton repentir est sincère, mon fils ; car il me serait
trop douloureux de croire à ton ingratitude.

— Ne pouvant espérer de faire oublier
en un instant l'impression défavorable
qu'a produite sur ceux qui ont quelque
amitié pour moi ma conduite déréglée,
je ne crois pas pouvoir vous donner de

meilleure preuve de mes regrets et de ma
détermination à bien me conduire à l'a-
venir, que celle de l'aveu sincère que je
vous fais, en ce moment, de ne pas me
croire digne de la main de ma cousine.
Peut-être aussi que, comme moi, vous
vous êtes aperçu des sentimens affectueux
que lui porte Edouard, mon frère d'a-
doption, et qu'il ne vous est pas échappé
que Julie n'y est pas restée indifférente.
Eh bien! mon père, il faut les unir l'un à
l'autre pour toujours et, par cela même,
faire le bonheur de deux êtres qui vous
sont également chers. Quant à moi, sans
contredit le plus à plaindre d'avoir perdu
un pareil trésor, je n'accuserai que ma
mauvaise destinée et n'aurai pas, du
moins, à me reprocher d'avoir occasioné
encore le malheur de deux personnes que
j'affectionne.

— Ta détermination de rentrer dans

le sentier de la vertu et de l'honneur quand
il en est temps encore est louable, et je
t'en félicite bien sincèrement. Il vaut
beaucoup mieux convenir de ses torts et
les réparer que de persévérer à vouloir et
à tout prix s'enfoncer dans un sentier qui
n'est pas frayé à tout le monde. Mais en
approuvant cette résolution et y applau-
dissant même, comme à une preuve de ta
sagesse et de ton bon discernement, je ne
puis me rendre entièrement à l'évidence
des motifs que tu m'exposes, que je reconnais être fondés, et qui tendent à l'union
de Julie avec Edouard. Comme toi, j'ai
cru m'apercevoir qu'ils n'étaient pas in-
différens l'un à l'autre ; mais des promesses formelles, des engagemens sacrés
m'imposent l'obligation et me font même
une loi de n'unir ta cousine qu'à toi.

— Cependant, mon père, vous ne me
prouveriez pas en faveur de cette sagesse

et de cette prudence qui vous caractérisent
si bien, si vous persistiez dans une résolution qui serait bien loin de mériter l'assentiment des gens raisonnables. Comment,
en effet, des parens qui désirent le bonheur
de leurs enfans ont-ils pu vouloir à l'a-
vance, et cela sans les consulter, sans savoir
si leurs goûts ou leurs inclinations n'élè-
veraient pas des obstacles insurmontables
à des projets follement conçus, les contraindre à contracter des liens dont dépend
le bonheur ou le malheur de leur vie? Le
tableau de deux époux qui, vivant sous le
même toit par la force de la loi, se détestent à qui mieux mieux et souffrent des
tourmens qu'il est encore plus facile d'exprimer que de supporter, ne suffit donc
pas pour arrêter les familles dans leurs
empiètemens toujours croissans sur les
droits que les enfans tiennent de la nature?
L'homme tient à la liberté, il la prône en

tous lieux, et cependant il consacre tous les instans de sa trop courte vie à se river des fers et à en imposer aux autres. Il est tant d'êtres au monde qui, après s'être passionnément aimés, ont fini par se détester par cela même qu'ils étaient mariés, qu'on n'aurait jamais dû, suivant moi, instituer le mariage.

— Mon fils....

— Qu'y a-t-il de plus révoltant, en effet, que cette obligation imposée de vivre et de mourir ensemble, par cela même qu'un homme, un officier civil tenant en main la loi que d'autres hommes ont faite et que celui-ci lit sans trop souvent bien en apprécier le sens, est venu, en présence de témoins, déclarer à qui a voulu l'entendre que vous êtes unis? Si j'ai de la peine à admettre les unions assorties, à bien plus forte raison je me prononcerai de toutes mes forces contre celles qui ne le sont pas,

et je ne suis pas assez égoïste, assez ennemi
des convenances et des égards que je vous
dois, mon père, pour vouloir d'un mariage qui nous rendrait tous malheureux.

— Quelques-unes de tes réflexions
peuvent être très-judicieuses, j'en conviens; mais elles deviennent inutiles et
viennent échouer d'elles-mêmes devant
l'importance de mes engagemens : ils sont
tels, je te le répète, que rien au monde ne
m'empêchera de les remplir.

—Eh bien! monsieur, vous pouvez, sans
trahir vos promesses, unir mademoiselle
Julie à M. Edouard.

— Que dites-vous, Ambroise?

— La vérité. Veuillez à votre tour et
tous ensemble me prêter la plus grande
attention, car, dans le récit que je vais
vous faire, et auquel vous êtes tous plus ou
moins intéressés, je désire que vous ne

trouviez en moi qu'un homme égaré et non pas un criminel.

— Parlez, mon ami.

— Il doit vous souvenir, monsieur, que madame Blinval et ma femme, l'une et l'autre enceintes de la même époque, accouchèrent, à un court intervalle près, presque en même temps.

— Je me le rappelle parfaitement bien.

— Mon enfant étant venu à mourir dans ce court intervalle de leurs couches, vous daignâtes confier aux soins de ma femme celui que madame Blinval, plus tardive que ma compagne, venait de mettre au monde, et, par suite, me promettre la continuation de votre bienveillance.

— Cela est vrai.

— Eh bien! monsieur, ces promesses que vous m'aviez faites n'avaient pas suffi à mon ambition, et j'avais pris les devans pour assurer ma fortune à venir contre les chances trop incertaines de la plupart de ces sortes d'engagemens.

— Que signifie ce langage?

— Il signifie que j'avais abusé tout le monde et ma femme la première, en annonçant la mort de mon enfant.

— Qu'en aviez-vous donc fait?

— Je l'avais déposé dans un lieu où l'on ne pouvait entendre ses cris, ayant la précaution de lui faire boire du lait avec une éponge imbibée; et lorsque votre fils eut été mis entre mes mains, je l'ai substitué facilement à la place l'un de l'autre, sauf cependant que, dans la nuit, le vôtre fut sacrifié à ma cupide ambition.

— Misérable !!!

— Je le sais, monsieur, et sens que je mérite vos reproches et votre colère.

— Mais quel moyen employâtes-vous pour vous défaire de l'enfant que je vous avais confié?

—Je fus le déposer au coin d'une rue et auprès d'une borne, où je passai plusieurs heures incertain si je mettrais ainsi le comble à la perfidie en abusant de votre confiance. Le jour commençait à poindre que j'étais encore irrésolu sur ce que je ferais, lorsque j'aperçus venir de mon côté une femme. Je me cachai, pour n'en être pas vu, dans une porte d'allée restée ouverte et jugez de mon étonnement, lorsque je la vis s'arrêter, se baisser, examiner soigneusement l'enfant, puis ensuite le prendre dans ses bras et l'emporter chez elle, où je la suivis.

— Eh bien! cette femme....

— J'appris qu'elle était nourrice d'un enfant que lui avait confié un riche rentier de la ville. Ne comprenant pas trop pourquoi, dans sa position peu fortunée, elle se chargeait ainsi de deux nourrissons, je m'introduisis facilement et sous un lé-

ger prétexte dans l'intérieur de sa maison,
et reconnus parfaitement dans celui qu'elle
me présenta, comme le fils du rentier,
l'enfant que j'avais abandonné. Je ne pus
tout d'abord m'expliquer ce mystère, et,
comme il m'importait beaucoup de le découvrir en attendant que l'occasion se
présentât, je m'attachai à surveiller la conduite de cette femme. Malgré ma persévérance à suivre le plan de conduite que je
m'étais tracé et qui me paraissait louable,
je perdis tout-à-coup, et par la disparition
subite de la nourrice, le résultat de mes
premières démarches. J'en fus vivement
affecté. Mon chagrin augmenta au fur et
à mesure que Victor avança en âge, parce
que je crus remarquer qu'il ne justifierait
pas le sacrifice que je lui avais fait du repos de ma conscience, et cette triste certitude a souvent été la cause de mon afflic-

tion et, par suite, de mes remords. Je son-
geais depuis long-temps aux moyens que
j'emploierais pour réparer en quelque sorte
les torts de ma conduite, lorsque vous re-
vîntes des colonies, amenant avec vous
M. Edouard. La vue de ce jeune homme
produisit sur moi un effet dont j'eus de la
peine à pouvoir me rendre compte. Je le
voyais avec plaisir, comme si j'avais pres-
senti que je lui serais redevable de quelque bien. Sa douceur, son esprit et ses manières gracieuses m'enchantèrent, et je ne
sais trop pourquoi je lui vis faire avec satisfaction une cour assidue à mademoiselle Julie. Je désirai sincèrement qu'il
parvînt à s'en faire aimer. Un jour qu'il
avait été se baigner dans la rivière et que
j'étais avec lui, j'aperçus sur son épaule
gauche une envie de groseilles : ce signe,
que j'avais remarqué sur l'enfant que

vous m'aviez confié, devait me faire reconnaître celui que j'avais lâchement enlevé
à l'affection de ses parens.

—Comment se nommait le rentier dont
vous m'avez parlé?

— Belmond.

— Il n'y a plus à en douter, Edouard
est mon fils, s'écria Blinval en le pressant
vivement et à plusieurs reprises dans ses
bras. »

CHAPITRE VIII.

LE BOURREAU.

Cette scène, doublement attendrissante
et digne du plus haut intérêt pour chacun
des personnages, se prolongea assez long-
temps ; car chacun était jaloux d'expri-

mer sa satisfaction et ses craintes. Ambroise surtout, Ambroise, le principal auteur des chagrins de tous, attendait en ce
moment et dans un morne silence que
tous lui adressassent les justes reproches
qu'il avait si bien mérités. Il n'était destiné qu'à recevoir des paroles de paix.

Des intéressés aux changemens qui venaient de s'opérer si subitement, il eût été
difficile de dire lequel d'entre eux avait
été le plus étrangement surpris. Tous y
gagnaient : le banquier et sa famille lui
devraient leur bonheur, et Ambroise, ainsi
que les siens, le repos de leur conscience,
qui ne leur reprocherait plus désormais
à l'un son rapt et à l'autre l'occupation
d'une place qui n'était pas la sienne.

Cette journée, qu'avait précédée un crime
atroce et qui avait commencé elle-même
sous de si malheureux auspices, en ne se
terminant pas tout-à-fait comme on l'au-

rait désiré, parce que chacun eût voulu
avoir pour témoin de cette scène le vertueux Gelibert, ne devait cependant pas
entraîner avec elle de nouvelles victimes.
Telle fut, du moins, l'opinion qu'émit le
bon, l'excellent Blinval, qui, en ayant la
possibilité, voulut aussi assurer le bonheur
de tous.

Il déclara à Ambroise et à son fils que,
d'après ce qui s'était passé, il ne leur était
plus permis de rester ensemble ; mais que,
pour les dédommager, il allait suppléer,
autant que possible, à cet éloignement
forcé en les envoyant tous ensemble prendre possession de l'une de ses habitations
dans les Antilles, dont il leur faisait ca-
deau.

Cette noble manière de se venger des
chagrins qu'on lui avait occasionés était
trop magnanime et trop digne de son caractère pour ne pas renouveler les remords

et augmenter, s'il se peut, la reconnaissance de ceux qui l'avaient si cruellement
et indignement offensé. Aussi Ambroise,
son fils et Catherine, fondant en larmes,
se jetèrent à ses pieds pour lui exprimer
toute leur gratitude, et partirent peu de
jours après, sur l'un des navires du banquier, pour leur nouvelle destination.

Quant à Edouard et à Julie, leur sort
avait été décidé à l'avance : seulement, il
fallut faire rétablir dans la plénitude de
ses droits le fils qui en avait été si indignement dépouillé. La déclaration écrite qu'a-
vait faite la nourrice entre les mains de
Belmond, et celle qu'à son tour avait signée
Ambroise, suffirent pour rétablir d'une manière positive, irrécusable même, et faire
admettre comme fondée, par le tribu-
nal devant lequel il fallut se présenter, la
réclamation que lui avait adressée le banquier.

Après y avoir été légalement autorisé,
le fils de Blinval reprit son nom de Victor,
rentra dans toute la plénitude de ses droits
et épousa sa charmante cousine, après
toutefois avoir obtenu du pape les dis-
penses nécessaires.

Pour ce qui est du comte Fernando
Spontini, il avait été transféré en prison.

On n'avait pas songé pour lui, et, à
cette époque, comme cela s'est pratiqué
depuis, à transformer une prison en un séjour commode, en un lieu de délices. Beaucoup plus confiant dans l'ignorance du
peuple, qui offrait des garanties par suite
de l'espèce d'état d'abrutissement où on
le contenait, et dans sa soumission aveu-
gle qui tenait de l'idiotisme, les prisons
étaient ce qu'elles devaient être, ce qu'elles
auraient dû toujours rester : une espèce de
lieu de séquestre, un asile pour les malfai-

teurs, dont il est essentiel de purger en tout temps la société.

Les empoisonnemens, les assassinats, les guerres injustes, entreprises seulement dans l'intérêt d'un seul, et dans lesquelles l'on sacrifiait des milliers d'individus; la force brutale, employée dans les rues contre des citoyens inoffensifs, et parce que des cris de liberté ou le blâme de la marche tortueuse ou anti-nationale que suivait le gouvernement avaient été exprimés, n'étaient pas encore, et comme de nos jours, érigés en vertus, et cela parce que les rois seulement, auxquels il est permis de commettre de pareils actes, s'en rendent seuls coupables. On n'en était pas encore venu à ce degré de perversité qui permet de dire impunément au dix-neuvième siècle et à un peuple éclairé et sage que les rois ou les princes sont pétris d'un autre limon que la plupart des autres

hommes ; que les crimes qu'ils commet-
tent et qui occasionent la mort d'un
simple citoyen ou de plusieurs sont des
distractions qu'il leur est permis de se
donner parce que les lois ne sont pas faites
pour eux, mais bien par eux. Quelle
affreuse déception!!...

Comment se fait-il donc que les nations
s'instruisent du passé, qu'il leur serve de
leçon pour le présent et l'avenir, et que
les rois seuls restent stationnaires? Ils se
croient intéressés à se mettre en dehors
des peuples pour conserver leur pouvoir,
et ne s'aperçoivent pas qu'il leur échappe
chaque jour davantage. Ils devraient savoir cependant que du moment où, de la
part des nations, il y aura désaffection,
datera aussi leur chute du trône, et que la
haine des gens éclairés et raisonnables
commence à percer pour la royauté. Qu'ils
y prennent garde !

Mais revenons au noble comte Spontini. Ce seigneur napolitain avait été conduit en prison, de là devant ses juges, où l'énormité de ses crimes l'avait fait condamner à la peine capitale, et il gémissait dans le fond d'un sombre cachot, lorsqu'un ecclésiastique se présenta à lui pour le préparer à la mort. Mais son caractère vraiment satanique ne voulut pas permettre qu'on lui fît entendre des paroles de paix, et il éconduisit brusquement le ministre de Dieu.

Il en était encore, non pas à se repentir, ce sentiment lui était étranger ; mais à se féliciter des invectives grossières qu'il avait opposées au caractère calme et plein de dignité de l'aumônier des prisons, lorsqu'il entendit de nouveau retirer les énormes verroux qui le séparaient des autres prisonniers, et tourner sur ses gonds la porte de fer de son cachot pour donner libre accès à un autre personnage : c'était l'exécuteur des hautes-œuvres qui venait aussi s'acquitter des soins de son emploi.

L'un et l'autre semblèrent, durant quelques instans, vouloir s'examiner avec soin; mais retombant bientôt dans ses rêveries et songeant peut-être aux moyens de recouvrer sa liberté pour commettre de nouveaux forfaits, le prisonnier parut vouloir cesser son examen : l'autre, au contraire, le sourire sur les lèvres et la physionomie exprimant une satisfaction complète, adressa au condamné l'allocution suivante :

« Comte Fernando Spontini, écoute ce que j'ai à te dire; car, beaucoup plus que tu ne le penses, tu as intérêt à m'entendre. »

Cet exorde ayant paru rappeler le prisonnier à son premier projet, il regarda fixement celui qui lui adressait cette interpellation, et, par cela même, détermina celui-ci à continuer sa narration en ces termes :

« Je suis né dans le département du Var, près des bords fortunés de la Durance et non loin des montagnes des Cévennes. Des malheurs non mérités et un concours de circonstances que je n'avais pu prévoir ni empêcher m'entraînèrent bien malgré moi dans la route du crime. Je crus un instant pouvoir me retirer du précipice ; mais une fatalité à laquelle tu n'es pas étranger m'y enfonça davantage. Voici ce dont il s'agit :

» J'étais depuis peu à Venise lorsque le hasard, en me mettant dans le cas d'être utile à deux dames, me rendit également amoureux de l'une d'elles. Ce hasard, qui m'avait fait arriver assez à temps pour empêcher un rapt et sauver la charmante Zachi, m'apprit aussi combien était abhorré celui qui avait voulu s'en rendre coupable et le signala à ma haine comme l'auteur de cette infamie.

» Rivaux en amour, mais non pas en sentimens, qui différaient essentiellement les uns des autres, les miens ne tardèrent pas à être distingués, et cette préférence que j'obtins et de laquelle je devins fier, parce qu'elle était méritée, me sembla devoir exercer une influence salutaire sur mon avenir en me faisant renoncer à mon indigne profession pour rentrer dans la société et y vivre ensuite honorablement.

» Je nourrissais cette pensée délicieuse, lorsque, revenant avec ces dames de la fête d'à Piedi-Grotta, à Naples, tu me fis impitoyablement assassiner sur le grand chemin qui de cette ville conduit à Venise, et exécutas sans difficulté le rapt que mes efforts étaient parvenus à empêcher une première fois.

II.   24

» Laissé pour mort sur la grande route,
je fus recueilli par de bons pêcheurs qui
me transportèrent, privé de connaissance,
dans leur cabane, soignèrent mes blessures, et, à force de soins, me rendirent
enfin à la santé.

» Dès que j'eus recouvré assez de forces
pour voler au secours de mon amante, de
sa mère, et me venger, je quittai mes sau-
veurs et me mis sur tes traces. J'appris
dans ton château des Apennins tes nouvelles infamies, et fus témoin de l'affreuse
agonie que tu avais préparée à l'infortunée Zuléma.

» Te le dirais-je? la conduite que tu
avais précédemment tenue vis-à-vis de
ces malheureuses femmes; les larmes
dont, en ce moment, la veuve de l'ancien
Dey, la mère de Zachi, accompagna ses gé-
missemens; le sang dont je la vis inondée,
et les blessures que tu m'avais faites, exas-

pérèrent à un tel point ma tête, que je ju-
rai, n'importe comment, de tirer une affreuse vengeance de tous les maux que tu
avais occasionés.

» Je te poursuivis avec un acharnement
difficile à rendre et qui tenait de la détermination que j'avais prise de t'arracher la
vie. Ce n'est vraisemblablement qu'à ma
trop grande précipitation que tu es redevable de ne pas être resté mort sur la place,
lorsque, dans les environs de Marseille,
je t'ai frappé de mon poignard.

» Cette dernière circonstance, en t'apprenant que j'existais encore, dut te faire
sentir la nécessité dans laquelle tu te
trouvais d'user de beaucoup de précau-
tions pour échapper à ma fureur, puisque
peu de temps après tu changeas de nom.
Mais c'était peine perdue; car tu avais
engagé avec moi une lutte à mort, et je
devais en sortir vainqueur, parce que j'a-

vais à ma disposition les moyens nécessaires pour connaître toutes tes démarches.

» Tu vins te fixer à Paris et je t'y suivis ;
mais l'occasion ne s'offrit pas à moi de te
frapper sans danger, parce que tu te mon-
tras prudent à m'éviter. Lorsque tu quit-
tas la capitale pour te rendre à Bordeaux
en qualité de précepteur, tu pensas peut-
être qu'à l'aide de ce nouveau titre tu
pourrais te soustraire à mes coups ; mais,
soins inutiles ! informé de tout ce que tu
faisais ou projetais, je te suivis encore
plein de l'espoir de parvenir un jour à
mon but.

» Ainsi, j'ai connu le genre d'éducation
que tu as donné au fils du banquier, le
sort que tu leur destinais à l'un et à l'autre, comme aussi les particularités qui se
rattachent à l'assassinat commis sur la
personne de Gelibert, les offres faites à

Ambroise et le dénoûment que tu as obtenu par tant d'adresse. Je t'avouerai franchement que j'avais deviné ce résultat, et qu'il ne faut pas être en fonds de beaucoup de discernement pour l'avoir prévu.

» Toutefois, comme tu pourrais me croire sorcier parce que le fait des grands hommes est d'avoir de ces sortes de faiblesses, je veux bien te prémunir contre cette pensée qui serait erronée, et te déclarer franchement que je ne le suis pas. Tes pensées, tes paroles et tes actions, que tu as été contraint de livrer à la discrétion des exécuteurs de tes volontés, m'ont été par eux-mêmes immédiatement rapportées, parce qu'ils m'étaient plus dévoués qu'à toi. C'est ainsi, par exemple, que j'ai été averti du projet de faire embarquer Ambroise, parce que le capitaine du navire à bord duquel il devait faire la tra-

versée n'est autre que Paolo, l'un de mes
lieutenans.

» A présent que je t'ai bien mis au
courant de certaines circonstances que tu
ignorais entièrement, je suis bien aise de
t'apprendre ce que j'ai fait pour empêcher
que la main d'un autre ne tranchât le fil
de ta belle vie. Sachant, à n'en pas douter,
que la fin de ta hideuse existence était
d'avance marquée au coin d'une borne,
sur un grand chemin ou sur un échafaud,
j'ai acheté la charge de bourreau à l'effet
de me procurer la douce satisfaction que
depuis long-temps j'ambitionne, celle de
tremper mes mains dans ton sang........
Tu le vois, mes prévisions vont enfin se
réaliser. »

Gustave avait accompagné ces dernières
paroles d'un sourire de satisfaction qui
tenait presque du délire. Pour ce qui est
du noble Napolitain, il avait tout entendu

dans un morne silence et sans même que sa physionomie exprimât le moins du monde qu'il eût été ou non ému de cè qui venait de lui être raconté. L'habitude qu'il avait prise depuis long-temps de ne condérer le crime que comme un objet de distraction, un passe-temps qu'il est permis aux esprits forts de se donner en spectacle, l'avait habitué à donner à ses traits l'expression qu'il voulait, et qu'il savait très-bien adapter aux circonstances du moment.

Toutefois, lorsque le bourreau se fut approché assez près de lui pour tailler ses cheveux de derrière et rendre plus immédiat l'effet de la hache, Fernando fit un mouvement, et essaya de frapper avec un poignard, qu'il était parvenu à soustraire à tous les regards, celui qui ne lui avait pas laissé ignorer la joie que lui faisait sa mort. Mais celui-ci, dont le drap de l'habit, fut seulement effleuré, renversa d'un bras vigoureux son adversaire, et lui arracha aisément un fer dont il venait de prouver, lui dit-il, qu'il ne savait pas bien se servir.

S'il n'eût écouté qu'un premier mouvement d'indignation, il est probable que Gustave en eût fini avec son ennemi ; mais quelle gloire à en agir de la sorte !... Le comte était lié par une chaîne en fer à l'un des murs de son cachot, et dans quelques instans il allait être conduit sur la place publique. Ces réflexions, qui lui vinrent dans la pensée presque aussitôt, arrêtèrent son bras prêt à le frapper.

« Tu n'en vaux plus la peine, lui dit-il; il vaut mieux t'achever sur le théâtre que l'on t'a préparé. Cette mort sera plus digne de toi, et satisfera mieux ma vengeance. »

En effet, placé bientôt après sur la fatale charrette, le comte Fernando Spontini fut conduit au lieu du supplice, où l'attendait une foule empressée. Il monta sur l'échafaud avec une démarche assurée, et soutint le dernier sourire convulsif dont s'était armée la physionomie de son ennemi avec une apparence de calme vraiment étonnant. Une seconde après, sa tête, séparée du tronc, avait roulé sur le pavé, où le public, avide de ce genre de spectacle, put et tout à son aise contempler ses traits devenus hideux.

FIN DU TOME DEUXIÈME ET DERNIER.

TABLE DES CHAPITRES

DU DEUXIÈME ET DERNIER VOLUME.

CHRONIQUE
DU CRIME ET DE L'INNOCENCE;

Recueil des Événemens les plus tragiques; Empoisonnemens, Assassinats, Massacres, Parricides, et autres Forfaits commis en France, depuis le commencement de la monarchie jusqu'en 1833, disposés dans l'ordre chronologique, et extraits des anciennes chroniques, de l'histoire générale de France, de l'histoire particulière de chaque province, des différentes collections des Causes célèbres, de Delaville, Gayot de Pitaval, Richer, des Essarts, Méjan, etc.; de la Gazette des tribunaux, etc., etc.

PAR J.-B. J. CHAMPAGNAC.

8 volumes in-8°, papier fin satiné. — Prix 60 francs.

DOM MIGUEL,
SES AVENTURES SCANDALEUSES, SES CRIMES ET SON USURPATION;

PAR UN PORTUGAIS DE DISTINCTION.

Traduit par J.-B. MESNARD.

Un vol. in-8°, portrait. Prix : 7 fr. 50 c.

HISTOIRE PITTORESQUE
DE LA CONVENTION NATIONALE

ET DE SES PRINCIPAUX MEMBRES;

Par M. L... (Conventionnel).

4 volumes in-8°, portraits. — Prix : 30 francs.

HISTOIRE SECRÈTE
DU DIRECTOIRE,

4 volumes in-8°. — Prix 30 fr.

LA DUCHESSE DE FONTANGE,

ROMAN NOUVEAU PAR Mme ***,

Auteur des *Mémoires d'une Femme de qualité;*

Deuxième édition.

2 volumes in-8°, portrait. — Prix : 15 francs.

GALANTERIES
D'UNE DEMOISELLE DU MONDE,
Ou Souvenirs de mademoiselle du Thé ;
Par l'auteur des MÉMOIRES DE LA COMTESSE DUBARRI.
4 volumes in-8°. — Prix : 3o fr.

LA BORNE,
ROMAN DE MOEURS,
PAR E. ARTHAUD,
Auteur d'*Inesilla*, de *Jules* ou *le Fils adultérin*, et de *M. Noël* ou *les Cancans*.
2 VOLUMES IN-8°. — PRIX : 15 FRANCS.

SOUS PRESSE :
LA FEMME FORÇAT,
Episode contemporain ;
PAR J.-B. J. CHAMPAGNAC.
Auteur de *la Chronique du Crime et de l'Innocence*.
2 volumes in-8°.

LE
Comte de Saint-Germain
ET LA MARQUISE DE POMPADOUR,
ROMAN NOUVEAU ;
Par l'auteur des *Mémoires d'une Femme de qualité*, et de *la Duchesse de Fontange*.
2 volumes in-8°.

LE CIMETIÈRE D'IVRY ou LE CADAVRE;
ROMAN NOUVEAU,
PAR E. ARTHAUD ET POUJOL.
2 vol. in-8°.

MADEMOISELLE DE ROHAN,
ROMAN NOUVEAU.
2 vol. in-8°.